छोटी सी बात

छोटी सी बात

कीर्तिकुमार सिंह

वाणी प्रकाशन
प्रकाशन के उत्कृष्टतम 60 वर्ष

प्रथम संस्करण : 2023

vaniprakashan.com

वाणी प्रकाशन

4695, 21-ए, दरियागंज, नयी दिल्ली-110 002

फ़ोन : +91 11 23273167, 23275710

शाखाएँ

अशोक राजपथ, पटना-800 004, बिहार

कॉफ़ी हाउस कैम्पस, महात्मा गांधी मार्ग, इलाहाबाद-211 001, उत्तर प्रदेश

महात्मा गांधी अन्तरराष्ट्रीय हिन्दी विश्वविद्यालय, वर्धा-442 001, महाराष्ट्र

36/ए, शेक्सपियर सरणी, रानी बिरला गर्ल्स कॉलेज के पास, कोलकाता-700 017, प. बंगाल

sales@vaniprakashan.in
vaniprakashan@gmail.com

Chhoti Si Baat
by Kirti Kumar Singh

Short Stories

आर. टेक ऑफ़सेट प्रिंटर्स, दिल्ली-110 032 में मुद्रित

वाणी प्रकाशन का लोगो मक़बूल फ़िदा हुसेन की कूची से

त्वदीयं वस्तु श्रीदुर्गे तुभ्यमेव समर्पये

कुछ वैसी भूमिका

'अधूरी दास्तान', 'एक टुकड़ा रोशनी' के बाद प्रस्तुत है, यह मेरा तीसरा लघुकथा संग्रह। आज का समय 'दलित विमर्श' और 'स्त्री विमर्श' का समय है। अगर कोई सवर्ण लेखक दलित के पक्ष में लिखता है या पुरुष लेखक स्त्री के पक्ष में लिखता है तो उस लेखन को घनघोर सन्देह की दृष्टि से देखा जाता है। दलित लेखक कहते हैं, कोई जरूरत नहीं है सवर्णों को हमारे पक्ष में लिखने की। इसी तरह स्त्री-विमर्शकारों का भी मानना है कि पुरुष एक साजिश के तहत स्त्रियों के पक्ष में लिखते हैं। दलित विमर्शकारों और स्त्री-विमर्शकारों ने इस तरह के लेखन या चिन्तन को एक नया नाम दिया है—अनुकम्पावादी लेखन या अनुकम्पावादी चिन्तन।

इसलिए इस तरह के लेखन में मुझे बड़ा डर लगता है। इधर मैं दलित के पक्ष में लिखूँ और उधर से डंडा लेकर दलित विमर्शकार आ जाए। मेरे सिर पर दनादन डंडे बरसाते हुए वह लगे पूछने कि—'बता क्यों किया अनुकम्पावादी लेखन?' हो सकता है, वह मेरे कलेजे में कलम भोंक दे इसलिए मैं तो 'पुरुष विमर्श' और 'ठाकुर विमर्श' पर ही लिखकर सन्तोष करता हूँ।

ध्यान से देखा जाए तो ये बातें कितनी मूर्खतापूर्ण और बेमानी हैं। गौतम बुद्ध ने कहा है कि यह संसार पूरी तरह दुःखों से घिरा हुआ है और इस संसार में सुख लेशमात्र भी नहीं है। चार्वाक दर्शन को छोड़कर सभी भारतीय दर्शन गौतम बुद्ध की इस बात से पूरी तरह सहमत हैं कि संसार पूरी तरह दुःखमय है। संसार का हर व्यक्ति परेशान है और वह अपनी परेशानी का कारण किसी न किसी दूसरे को ठहरा देता है। दलित अपनी परेशानी का कारण सवर्ण को ठहरा देते हैं और स्त्री अपनी परेशानी का कारण पुरुष को ठहरा देती हैं। मैंने समाज में कुछ विचित्र स्थितियाँ भी देखी हैं। इलाहाबाद शहर में लगभग सारे क्षत्रिय इस बात का दुःखड़ा रोते रहते हैं कि उनके सारे दुःखों का कारण ब्राह्मण हैं। उनका कहना है कि इलाहाबाद की राजनीति, प्रशासन, शिक्षा, पत्रकारिता, न्यायपालिका और व्यवस्था पर ब्राह्मणों

का इतना वर्चस्व है कि क्षत्रिय यहाँ जी ही नहीं सकते। क्षत्रिय हमेशा ब्राह्मणों के निशाने पर रहते हैं। कोई रिश्तेदार अधिकारी इलाहाबाद में स्थानान्तरित होता है तो वह जल्दी ही अपना स्थानान्तरण कराकर यहाँ से भाग खड़ा होता है। वह एक ही प्रश्न पूछता है कि ब्राह्मणों बीच में यहाँ आप लोग कैसे जी लेते हैं?

तो लोग इस तरह अपनी सभी समस्याओं के लिए दूसरे को दोषी ठहराते हुए दुःख भोग रहे हैं। इस तरह की बातों का भी कोई अर्थ नहीं होता है कि स्त्रियों या दलितों की अमुक-अमुक समस्याएँ हैं जो पुरुषों या सवर्णों की नहीं हैं। सुख की अनुभूति बहुत कम या सूक्ष्म होती है, जबकि दुःख की अनुभूति बहुत ही तीव्र होती है। जब व्यक्ति बीमार हो जाता है, तब उसे पता चलता है कि जब मैं बीमार नहीं था तो सुखी था। निरोग रहने की स्थिति में उसे यह भान नहीं होता कि वह सुखी है। व्यक्ति चाहे झोपड़ी में पड़ा रहकर दुःखी रहे या महल में रहकर। कोई अन्तर नहीं पड़ता। एक व्यक्ति को पंचतारा होटल रहने के लिए दे दिया जाए, अकूत धन-सम्पत्ति और नौकर-चाकर दे दिए जाएँ, संसार की सारी सुख-सुविधाएँ दे दी जाएँ। उसके बाद उसके पेट में एक मोटी सुई भोंक दी जाए। उससे कहा जाए कि ये सारी सुख-सुविधाएँ तुम्हें हमेशा के लिए दी जाती हैं लेकिन यह सुई भी हमेशा तुम्हारे पेट में चुभी रहेगी। व्यक्ति यही कहेगा कि मेरे पेट से सुई निकाल लो, मुझे ये सारी सुख-सुविधाएँ नहीं चाहिए। दुःख की छोटी सी अनुभूति भी संसार के सारे सुखों को व्यर्थ कर देती है। बहुत कहने-सुनने का बहुत फायदा नहीं! किसे ज्ञान और मुक्ति देनी है, इसका चुनाव आत्मा स्वयं करता है। जब तक इस संसार में हूँ, लोगों का कुछ मनोरंजन करता रहूँ, यही उद्देश्य है।

चैत्र नवरात्र 2014

कीर्तिकुमार सिंह
15/6, स्टैनली रोड, सिविल लाइन्स,
इलाहाबाद-211001 (उ.प्र.)
चलभाष : 9415094253

अनुक्रमणिका

भवानी माँ का सेवक

सुदेश की उम्र पैंतीस साल थी। परिवार में उनके अलावा पत्नी और दो छोटे बेटे थे। सुदेश एक महाविद्यालय में प्राध्यापक थे। बहुत अमीर नहीं थे तो गरीब भी नहीं थे। परिवार की गाड़ी सुखपूर्वक चल रही थी।

सुदेश भवानी माँ के बड़े भक्त थे। भवानी माँ की पूजा करना और उनकी साधना सुदेश की दिनचर्या में शामिल था। उनके दिन के समय का एक बड़ा भाग भवानी माँ की पूजा में खर्च होता था। माँ की कृपा से ही उनके जीवन की गाड़ी ठीक ढंग से खिंच रही थी।

सुदेश ने एक बार सोचा कि कुछ लोगों से सम्बन्ध बना लिया जाए। तमाम तरह का काम फँसता रहता है। बड़े लोगों की कृपा और सहयोग से ऐसे काम आसानी से हो जाया करेंगे, अन्यथा बहुत समय बर्बाद होता है और परेशानी उठानी पड़ती है, सो अलग। कभी-कभी तो लाख दौड़-धूप करने पर भी काम नहीं हो पाता।

सुदेश ने बारीकी से ध्यान दिया तो उन्हें तीन लोग समझ में आए, जिनसे सम्बन्ध बन सकता था। इस समय सुरेशचन्द्र शास्त्री प्रदेश के राज्यपाल थे। सुरेशचन्द्र शास्त्री पहले एक विश्वविद्यालय में प्रोफेसर रह चुके थे। वे सुदेश को पढ़ा चुके थे। रोज-रोज मिलने-जुलने और चरण छूने से उनसे सम्बन्ध बन सकते थे। दूसरे थे—निर्भय कुमार। निर्भय कुमार प्रदेश सरकार में एक प्रभावशाली मंत्री थे। बड़ी हनक थी उनकी। सुदेश के पिता जी जब थे तो निर्भय कुमार कभी-कभी उनसे मिलने आया करते थे। निर्भय कुमार तब एक साधारण नेता हुआ करते थे। उनसे भी बराबर मिलते-जुलते अच्छे सम्बन्ध बनाए जा सकते थे। तीसरे थे स्थानीय सांसद दीनदयाल। दीनदयाल लगातार पाँच बार से सांसद का चुनाव जीत रहे थे। ऐसा लगता था, जैसे वे कभी चुनावा ही नहीं हारेंगे। जनता की नब्ज पर उनकी बड़ी अच्छी पकड़ थी। उनके संसदीय क्षेत्र का मतदाता होने से उनसे सम्बन्ध बनाया जा सकता था।

सुदेश ने सुरेशचंद्र शास्त्री, निर्भय कुमार और दीनदयाल से सम्बन्ध बनाने के लिए योजनाबद्ध ढंग से कार्य करना शुरू कर दिया। उनके पास समय पर्याप्त था। उन्होंने प्रदेश की राजधानी के पर्याप्त चक्कर लगाने शुरू कर दिए। वे अक्सर सुरेशचंद्र शास्त्री से मिलने के लिए समय ले लेते। जब भी उनसे मिलने के लिए समय मिलता, सुदेश कुछ अच्छी पुस्तकें लेकर उनसे मिलने पहुँच जाते। सुदेश उनके सामने अपने को एक आज्ञाकारी शिष्य के रूप में पेश करते। इसी तरह वे निर्भय कुमार से मिलने के लिए भी समय लेते थे। अपने पिता के सम्बन्धों की याद दिला-दिलाकर वे बराबर उनसे मिलने लगे। वे निर्भय कुमार को यह बार-बार एहसास दिलाने का प्रयास कर रहे थे कि मैं आपका बहुत वफादार हूँ।

दीनदयाल से वे उनसे एक समर्थक के रूप में मिलने लगे। सुदेश उन्हें यह अहसास करा रहे थे कि मेरे पास सैकड़ों मत हैं। आपके चुनाव में मेरे बहुत सारे शिष्य जोर-शोर से आपका प्रचार करेंगे।

तीनों के पीछे टहलते-टहलते लगभग आठ-दस साल बीत गये। सुदेश की मेहनत रंग लाई। वे तीनों व्यक्तियों के बहुत खास बन गये। सुरेशचंद्र शास्त्री उन्हें पुत्रवत मानने लगे। निर्भय कुमार के यहाँ वे अब बिना समय लिए कभी भी पहुँच सकते थे। दीनदयाल उन्हें बहुत भाव देने लगे। समय का चक्र बड़े विचित्र ढंग से घूमा। एक साल में ही सब उलट-पुलट हो गया। हृदय गति रुक जाने से सुरेशचंद्र शास्त्री दिवंगत हो गये। चुनाव में निर्भय कुमार का टिकट कट गया और यह भी तय हो गया कि भविष्य में उन्हें कभी टिकट नहीं मिलेगा। दीनदयाल पहली बार चुनाव हार गये और उनका आभा मंडल एकदम से क्षीण हो गया।

सुदेश एक दिन भवानी माँ की साधना करके उठे तो उन्हें बहुत कुछ समझ में आने लगा। वे सोचने लगे, 'इन तथाकथित बड़े लोगों के पीछे टहलना व्यर्थ है। भवानी माँ मुझे जो देना चाहेंगी, अगर प्रधानमंत्री भी पूरी ताकत लगा देगा तो उसे नहीं रोक पायेगा। भवानी माँ कोई चीज अगर मुझे नहीं देना चाहेंगी तो प्रधानमंत्री भी पूरी ताकत लगाकर मुझे नहीं दिला पायेगा। बस एक भवानी माँ की शरण पकड़े रहो। मेरे कर्मफलों के हिसाब से अधिकतम जो भी मुझे मिल सकता है या मेरे जो भी काम बनने योग्य होंगे, माँ सब कुछ देंगी और बनाएँगी। किसी आदमी के पीछे-पीछे टहलने की कोई जरूरत नहीं है।'

नयी पीढ़ी

आनंद की पदोन्नति हो गयी। क्लर्क से अधिकारी की श्रेणी में पहुँच गये आनंद। उनका परिवार बहुत प्रसन्न हुआ। उनका परिवार बहुत छोटा था। वे थे, उनकी पत्नी और सात साल का बेटा संजीव। बस इतना ही बड़ा था उनका परिवार। पूरे परिवार ने मंदिर में जाकर भगवान के दर्शन किए और उन्हें प्रसाद चढ़ाया।

आनंद ने तय किया कि एक दिन बड़े साहब को सपरिवार घर भोजन के लिए आमंत्रित किया जाए। आखिर पदोन्नति की औपचारिकता तो उन्होंने ही पूरी की थी। उन्होंने पत्नी से बात की। साहब के परिवार को भोजन पर बुलाने के लिए पत्नी खुशी-खुशी तैयार हो गयी।

आनंद का बेटा संजीव दूसरी कक्षा में पढ़ता था। आनंद ने एक दिन उसे बैठाकर खूब समझाया, "बेटा एक दिन मेरे बड़े साहब अपने परिवार के साथ घर पर खाना खाने आएँगे। वे रहेंगे, उनकी पत्नी रहेंगी और उनका बेटा रहेगा। उनका बेटा शहर के सबसे अच्छे स्कूल में पाँचवीं कक्षा में पढ़ता है। उनके बेटे के साथ तुम ठीक से पेश आना। उससे लड़ाई-झगड़ा या बदतमीजी मत करना। अगर उनका बेटा नाराज़ हो गया तो साहब नाराज़ हो जाएँगे। अगर साहब नाराज़ हो गये तो वे हमें नुकसान पहुँचा सकते हैं। बहुत समझदारी से काम लेना। ठीक है?" संजीव ने हाँ में सिर हिलाया। जैसे उसने सब कुछ समझ लिया।

आनंद ने अपने बड़े साहब को दावत का निमंत्रण दे दिया। बड़े साहब ने खुशी-खुशी निमंत्रण स्वीकार कर लिया।

निर्धारित दिन और समय पर साहब आनंद के घर सपरिवार पधारे। आनंद की पत्नी ने दिनभर बड़ी मेहनत और लगन से तैयारी की थी। बड़े साहब, उनकी पत्नी और उनका बेटा ड्राइंगरूम में बैठे। भोजन भी वहीं परोसा गया। भोजन बहुत स्वादिष्ट था। बड़े साहब और उनकी पत्नी ने भोजन की बहुत तारीफ़ की। आनंद और उनकी पत्नी गद्गद हो गये। उनका सारा परिश्रम सार्थक हो गया।

भोजन के बाद अनौपचारिक गपशप होने लगी। बड़े साहब का बेटा वहीं ड्राइंगरूम में संजीव के साथ खेलने लगा। वह बहुत उद्दंड और बदतमीज़ था। खेलते-खेलते वह कभी संजीव को खींचकर थप्पड़ मार देता, कभी लात से मारता, कभी कसकर घूँसा जमा देता। संजीव के ऊपर जब भी मार पड़ती, वह खिलखिलाकर हँसने लगता। जैसे वह भी एक खेल हो। बड़े साहब अपने बेटे को जरा भी रोक-टोक नहीं रहे थे। आनंद और उनकी पत्नी संजीव का व्यवहार देखकर आश्चर्यचकित थे। बात-बात में भिड़ जानेवाला संजीव यह कैसा व्यवहार कर रहा है? वे डर भी रहे थे कि संजीव कहीं बड़े साहब के बेटे से झगड़ा न कर ले। वैसा कुछ नहीं हुआ। संजीव मार खा-खाकर हँसता रहा।

बड़े साहब कुछ देर बाद अपने परिवार सहित अपनी कार से लौट गये। आनंद की आँखों में आँसू आ गये। उन्होंने अपनी पत्नी से कहा, ‘‘हमारे देश की नयी पीढ़ी कितनी कम उम्र में ही समझदार हो जा रही है। देश के लोकतंत्र के जिस दोगलेपन को हमने इतनी उम्र में समझा, उसे वह बहुत कम उम्र में ही समझ ले रही है।’’

सरकारी बनाम जेब का पैसा

बस इलाहाबाद से लखनऊ जा रही थी। सिविल लाइंस हनुमान मंदिर के पास चार लोग बस में चढ़ गये। कुछ सीटें खाली थीं। वे लोग सीटों पर बैठे नहीं बल्कि खड़े ही रहे। बस कंडक्टर ने उनसे बैठ जाने का अनुरोध किया। फिर भी वे खड़े रहे। चारों का चेहरा चोर जैसा हो रखा था। कंडक्टर को कुछ शक हुआ। उसने चारों से पूछा, "आप लोगों को कहाँ तक जाना है?" "फाफामऊ तक!" एक ने उत्तर दिया। कंडक्टर नाराज़ होने लगा, "इस बस में लोकल सवारियों को नहीं बैठाया जाता। उतरिए आप लोग।" एक ने हाथ जोड़ते हुए कहा, "भाई साहब बैठा लीजिए। हम लोग बहुत जल्दी में हैं।" कंडक्टर कुछ देर तक चुप रहा। अचानक धीरे से बोला, "एक-एक आदमी का बीस-बीस रुपया लगेगा।" चारों तैयार हो गये। जेब से बीस-बीस रुपये निकाल कर चारों ने दे दिए। पैसे ले लेने के बाद कंडक्टर बड़े प्रेम से बोला, "आप लोग खड़े क्यों हैं? सीटें खाली हैं। आप लोग बैठ जाइए।" चारों बस में आराम से बैठ गये।

बस कुछ आगे बढ़ी। बस में चार और सवारियाँ चढ़ीं। चारों सवारियाँ लखनऊ की थीं। बस एकदम भर चुकी थी। एक भी सीट खाली नहीं थी। कंडक्टर बोला, "आप लोग थोड़ी देर खड़े रहिए। कुछ देर में आप लोगों के लिए सीट का जुगाड़ करता हूँ।" चारों लोग चुपचाप खड़े हो गये। इस उम्मीद में कि कंडक्टर अभी कुछ देर में हमारे लिए सीट का जुगाड़ करेगा।

फाफामऊ में फाफामऊ के लिए बैठे चारों लोग उतर गये। लखनऊ जाने के लिए जो चारों सवारियाँ खड़े-खड़े चल रही थीं, कंडक्टर ने उनसे बैठ जाने के लिए कहा। अभी जो चार सीटें खाली हुई थीं, चारों उन पर जाकर बैठ गये।

बस का ड्राइवर यह सारा तमाशा देख रहा था। एक जगह रेलवे क्रासिंग बन्द थी। कोई ट्रेन आने वाली थी। बस वहाँ रुक गयी। ड्राइवर कंडक्टर को पकड़ कर हड़काने लगा, "इस बस में लोकल सवारियों को बैठाने की अनुमति नहीं है।

एक तो तू लोकल सवारियों को बैठाता है, ऊपर से उन्हें सीट भी दे देता है? सवारियों को उठाकर लखनऊ की सवारियों को सीट नहीं दे सकता था?'' कंडक्टर हँसने लगा, ''जो सवारियाँ लखनऊ तक जाएँगी, वे तो टिकट लेकर चलेंगी। उनसे हमें क्या फायदा होगा? उनका पैसा तो सरकारी खजाने में जाएगा। सवारियों का पैसा मेरी जेब में जाता है। चार लोकल सवारियों से मुझे अस्सी रुपये मिल गये। जिनका पैसा मुझे मिल रहा है, उन्हें मैं ज्यादा इज़्ज़त दूँ या उन्हें जिनका पैसा सरकारी खजाने में जाता है?'' ड्राइवर बोला, ''ठीक है बेटा! अस्सी मे से चालीस मुझे दो।'' ''देता हूँ भाई! उस पर तो तुम्हारा हक बनता है।'' कंडक्टर ने कहा।

इति गोष्ठी कथा

अचिन्त्य जी से उमेश को कुछ जरूरी काम पड़ गया था। उमेश बार-बार अचिन्त्य जी के घर के चक्कर लगा रहा था। उनके साथ बैठकर उनकी हाँ में हाँ मिलाना, उनकी लल्लो-चप्पो करना, उनकी हर बात पर हें-हें करना। किसी भी तरीके से उमेश को अपना काम निकालना था। अचिन्त्य जी थे कि बहुत ही धीरे-धीरे पिघल रहे थे।

अचिन्त्य जी ने एक गोष्ठी आयोजित की। विषय था 'भारत की वैज्ञानिक और आर्थिक प्रगति।' गोष्ठियों की सबसे बड़ी समस्या होती है, सुनने के लिए पर्याप्त लोगों को जुटाना। अचिन्त्य जी ने गोष्ठी का एक कार्ड उमेश को भी दे दिया। उमेश इस समय कब्जे में था यानी एक श्रोता तो एकदम पक्का!

गोष्ठी के पूरे कर्ता-धर्ता अचिन्त्य जी ही थे, इसलिए उमेश कार्ड में छपे हुए समय से आधा घंटा पहले ही पहुँच गया। अचिन्त्य जी के कुछ सहयोगी मंच और माइक इत्यादि की व्यवस्था को ठीक-ठाक कर रहे थे। अचिन्त्य जी सारी व्यवस्था का सिंहावलोकन कर रहे थे। उमेश ने लपककर अचिन्त्य जी के पैर छुए। अचिन्त्य जी ने खुश होकर पूछा, "आ गये?" "अरे सर! आपका कार्यक्रम हो और भला मैं न पहुँचूँ?" हें-हें करते हुए उमेश ने प्रश्न के स्वरूप में उत्तर दिया।

कार्यक्रम शुरू हुआ। आधा दर्जन लोग मंच पर आसीन थे। बमुश्किल चालीस-पचास श्रोता जुटे थे। श्रोता के रूप में कई ऐसे लोग भी बैठे थे जो वक्ता और श्रोता दोनों थे। कार्यक्रम की औपचारिकताओं के बाद भाषणबाजी शुरू हो गयी। गोष्ठी के विषय का नाम इतना भारी-भरकम था कि मीडिया के कैमरे आपस मे धक्का-मुक्की कर रहे थे। फ्लैश पर फ्लैश चमक रहे थे। वक्तागण गद्‌गद हो रहे थे।

एक घंटे बाद सुस्ती छाने लगी। सारे मीडियावाले फोटो खींचकर जा चुके थे। अब गोष्ठी सम्पन्न हो जाने के बाद गोष्ठी का पूरा समाचार लिखकर सारे अखबारों तक पहुँचाना आयोजकों की जिम्मेदारी थी। कुछ श्रोता भी पेशाब करने के बहाने

या कमर सीधी करने के बहाने, सभागार से बाहर निकलकर गपशप कर रहे थे। अधिकांश लोगों को अब नाश्ते का इन्तज़ार था।

उमेश श्रोताओं की पहली पंक्ति में बैठा था। इस ढंग से कि अचिन्त्य जी की निगाह बार-बार उस पर पड़ती रहे लेकिन अब आगे बैठकर वह पछता रहा था। वह भाषणों को एकदम नहीं झेल पा रहा था। उठकर भाग जाना चाह रहा था वहाँ से। उसे बार-बार जम्हाई आ रही थी। वह बलपूर्वक जम्हाई को रोक दे रहा था। वह अचिन्त्य जी को जम्हाते हुए नहीं दिखना चाह रहा था। उसे यह प्रदर्शित करना था कि वह बहुत ही गम्भीरता से सारे वक्ताओं का भाषण सुन रहा है। वह हर वक्ता के चेहरे को इस तरह टकटकी लगाए देख रहा था, जैसे वह उनकी सारी बातों को अपने दिमाग में उतार ले रहा है। वास्तविकता यह थी कि उसे नींद आ रही थी। वह बलपूर्वक अपनी आँखों को खोले हुए था। उसका सिर भन्ना रहा था। वह कल्पना कर रहा था कि उसके हाथ में एक मोटा डंडा आ गया है वह एक-एक कर सारे वक्ताओं की खोपड़ी फोड़ रहा है। अपने डंडे को खून से लथपथ देखकर उसे अपूर्व सुख मिल रहा है।

भाषणबाजी तीन-चार घंटे चली। अधिकांश श्रोता खिसक चुके थे। बस, आठ-दस श्रोता ही बचे थे। उनमें एक उमेश भी था। उसके दिमाग ने काम करना बंद कर दिया था। शरीर अकड़ रहा था। उसे कुछ भी नहीं सूझ रहा था कि क्या हो रहा है, क्या नहीं हो रहा है?

गोष्ठी सम्पन्न हो गयी। उमेश की भले ही सारी दुर्गति हो गयी लेकिन अचिन्त्य जी के सामने वह सबसे गम्भीर और सच्चे श्रोता के रूप में पेश आया। वह विदा लेने के लिए अचिन्त्य जी के पास पहुँचा। अपनी पूरी ताकत झोंककर बड़ी मुश्किल से वह मुस्कराया और उनके पैर छुए। अचिन्त्य जी ने शाबाशी के अन्दाज में उसकी पीठ ठोंककर उसे विदा किया।

अम्मा

"बहू जरा एक गिलास पानी लाना!" सास ने ऊँचे स्वर में आवाज़ दी। बहू ने सुनकर भी अनसुना कर दिया। कुछ देर हो गयी तो सास ने फिर जोर से आवाज़ लगायी, "बहू मैं एक गिलास पानी माँग रही हूँ। जरा जल्दी दे जाओ।" बहू मन ही मन बुदबुदाई, 'बुढ़िया खुद उठकर पानी नहीं ले सकती। इस तरह बार-बार आवाज़ लगा रही है, जैसे चलने-फिरने में आशक्त हो गयी हो। नहीं दूँगी मैं पानी।'

सास ने कुछ देर तक इन्तज़ार किया। जब देखा कि पानी नहीं मिल रहा है तो वे खुद उठीं और जाकर एक गिलास पानी लिया।

"बहू!" अचानक रसोई से एक तेज आवाज़ आई। रसोई में महरी बर्तन धो रही थी। उसी ने आवाज़ लगाई थी। बहू दौड़ती हुई पहुँची, "जी अम्मा! क्या हो गया?" महरी बहू को लगभग डाँटते हुए बोली, "बहू देख रही हो यहाँ कितनी गर्मी हो रही है? बर्तन साफ करने में मैं पसीने से लथपथ हुई जा रही हूँ। रसोई में एक पंखा नहीं लगवा सकती?" बहू सफाई देती हुई बोली, "ऐसा है अम्मा कि रसोई में गैस-चूल्हा भी जलता है। अगर यहाँ पंखा चलेगा तो गैस चूल्हा बुझ जाएगा।" "बुझ कैसे जाएगा?" महरी बहू को डाँटते हुए बोली, "जब तक मैं यहाँ बर्तन धोती रहूँ, चूल्हा मत जलाया करो।" "लेकिन..." बहू ने कुछ सफाई देने की कोशिश की। "लेकिन-वेकिन कुछ नहीं। जल्दी से अगर यहाँ पंखा नहीं लगा तो मैं तुम्हारे घर में काम करना बंद कर दूँगी।" वह एकदम से घबरा गयी, "नाराज़ मत हो अम्मा। मैं आज ही यहाँ एक पंखा लगवा देती हूँ।"

महरी काम करके चली गयी। बहू कपड़ा बदलकर तुरन्त तैयार हुई। बाजार जाने के लिए। बाजार जाकर उसने एक अच्छा-सा सीलिंग फैन लिया। वहीं दुकान से ही एक बिजली मिस्त्री भी पकड़ा। घर आकर तुरन्त उस पंखे को लगवाया। बिजली बोर्ड पर लगा स्विच दबा। पंखा नाचने लगा। बहू की जान में जान आई।

वह निश्चिन्त हो गयी कि अब अम्मा नाराज़ नहीं होंगी।

कार्य प्रगति पर है

कार्य प्रगति पर होने से अक्षत जी परेशान थे। शहर में जिधर भी निकलते, उधर ही सड़क पर एक बड़ा सा बोर्ड रखा रहता। उस पर लिखा रहता, 'सावधान कार्य प्रगति पर है।' उन्होंने पता किया तो पता चला कि टेलीफोन की लाइनें सड़क के अन्दर बिछाई जा रही हैं। सड़कों पर चलना दूभर हो रहा था। कुछ प्रगति का काम हो रहा था, इसलिए अक्षत जी किसी तरह सन्तोष कर ले रहे थे। टेलीफोन की लाइनें बिछ जाने पर सड़कें कई महीने तक टूटी-फूटी पड़ी रहीं। सड़कों पर मोटरसाइकिल कूद-कूदकर चल रही थी। अक्षत जी को बहुत गुस्सा आ रहा था। एक तो टेलीफोन की लाइनें बिछने में कई महीने का समय लगा और अब ये टूटी सड़कें! सरकार सड़कों की सुधि नहीं ले रही थी।

अचानक फिर सड़कों पर बड़े-बड़े बोर्ड दिख उठे। सावधान! कार्य प्रगति पर है। सड़कें बनने लगीं। सड़कों पर चलना और भी मुश्किल हो गया। फिर भी अक्षत जी यह सोचकर सन्तोष कर रहे थे कि जब सड़कें बन जाएँगी तो उन पर चलने में आराम रहेगा। शहर की सड़कों को बनने में कई महीने लगे।

सड़कें बन गयीं तो फिर से खुदाई होने लगी। बोर्ड लग गये—सावधान! कार्य प्रगति पर है। फ़िर सड़कों पर चलना दूभर हो गया। अक्षत जी ने पता किया तो पता चला कि मोबाइल फोन के केबिल डाले जाएँगे। फिर कई महीनों तक सड़कों की दुर्दशा होती रही। अंततः केबिल जमीन के अन्दर से डल गये लेकिन सड़कों को वैसे ही छोड़ दिया गया।

कई महीनों बाद फिर सड़कों पर बोर्ड दिख उठे, सावधान! कार्य प्रगति पर है। फिर सड़कें गाँव की मेंड़ वाली स्थिति में पहुँच गयीं। अपनी मोटरसाइकिल के साथ शहर की सड़कों पर उछलते हुए अक्षत जी को फिर यही सन्तोष था कि जब सड़कें बन जाएँगी तो सब ठीक हो जाएगा। कई महीने तक कार्य प्रगति पर रहने के बाद अंततः सड़कें बन ही गयीं। अक्षत जी बहुत प्रसन्न हुए। कुछ ही महीनों

बाद फिर बोर्ड लग गये। सवाधान! कार्य प्रगति पर है। एकदम सड़क के बीचोबीच खूब चौड़ाई में खुदाई होने लगी। अक्षत जी परेशान हो गये। पता चला कि शहर में सीवरलाइन बिछेगी। इतनी गहराई तक खुदाई हुई कि शहर मलबे में बदल गया। सड़कों पर चलना एकदम दूभर हो गया। सालों लग गये सीवर बिछने में। तब तक लोगों का जीना मुहाल ही रहा। सीवर बिछाकर सड़कों को वैसे ही छोड़ दिया गया। सड़कें खंदक में तब्दील हो गयीं।

जनता के बहुत आन्दोलन करने पर, सालों बाद सड़कों का बनना चालू हुआ। अक्षत जी ने राहत की साँस ली। सड़कों पर बोर्ड खड़े हो गये। सावधान! कार्य प्रगति पर है। सड़कों की एकदम दुर्दशा हो चुकी थी। अतः उन्हें एकदम नये सिरे से बनाना पड़ रहा था। अक्षत जी सालों बड़े धैर्य से अपनी मोटरसाइकिल पर बैठकर कूदते रहे। गिरते-पड़ते अंततः सड़कें ठीक-ठाक हो ही गयीं।

सड़क बने कुछ ही महीने बीते थे कि सड़कों को फिर से खोदा जाने लगा। फिर बोर्ड रखे गये। सावधान! कार्य प्रगति पर है। पता चला सीवर बिछाने वाली कम्पनी ने बहुत घटिया ढंग से सीवर बिछाया था। सीवर का पूरा सिस्टम ही फेल हो गया और टूट-फूट गया, इसलिए नये सिरे से सीवर लाइन बिछाई जाएगी।

अक्षत जी अपने एक मित्र से अपनी सारी बातें साझा करते थे। उन्होंने अपने मित्र से पूछा, ''यार, कार्य प्रगति पर है, का बोर्ड पिंड ही नहीं छोड़ता।'' मित्र बोले, ''और कभी छोड़ेगा भी नहीं। कार्य प्रगति पर है का मतलब जानते हो? इसका मतलब है—मंत्रियों, अधिकारियों, इंजीनियरों, ठेकेदारों का जेब भरने का कार्य प्रगति पर है। सरकारें बदलती रहती हैं। नये मंत्री और अधिकारी आते रहते हैं। इसीलिए हमेशा जेबें भरने का कार्य प्रगति पर रहता है।''

घोंचू

माला की शादी एक बैंक मैनेजर से हुई। शादी के तुरन्त बाद बैंक से कर्ज लेकर दोनों ने एक घर खरीद लिया। वहाँ, जहाँ पर माला का पति सावन नौकरी कर रहा था। घर खरीदकर माला ने एक तीर से दो शिकार किए। एक तो सास-ससुर से पिंड छूट गया, दूसरे वह अपनी एक स्वतंत्र ज़िन्दगी जीने लगी। वह और उसका पति। सिर्फ दो लोगों की जिम्मेदारी थी उसके ऊपर। सावन माला को बहुत प्यार करता था। माला उसे जो भी सुझाव या आदेशानुमा सलाह देती थी, उसे वह ज़रूर करता था। घर-परिवार से अलग होकर एक नया घर खरीदना, माला की सलाह पर ही हुआ था।

शादी के पहले माला का एक प्रेमी था। शादी के बाद भी दोनों के प्यार में कोई कमी नहीं आई थी। माला अपने मोबाइल फोन से प्रेमी से खूब बतियाती थीं।

माला के बुलाने पर उसका प्रेमी एक बार उसके शहर में आया। शहर में वह एक होटल में रुका हुआ था। रात में माला ने सावन से पूछा, ''आपका कल का कार्यक्रम क्या है?'' ''कल का कार्यक्रम क्या है का मतलब?'' सावन ने आश्चर्य से पूछा, ''अरे, जैसे रोज नौ बजे बैंक जाता हूँ, वैसे कल भी जाऊँगा। शाम को छह से सात बजे के बीच आऊँगा। कल कोई विशेष बात थोड़ी न है! तुम इस तरह से क्यों पूछ रही हो?'' माला लाड़ दिखाती हुई बोली, ''मुझे आपके कार्यक्रम की ठीक-ठीक जानकारी तो रखनी ही पड़ती है न! जिससे मैं आपके लिए समय से नाश्ता बना सकूँ, समय से खाना बना सकूँ। आपके कपड़े वगैरह समय से प्रेस कर तैयार रखूँ। मेरे स्वामी को किसी तरह की कोई दिक्कत न होने पाए न!'' सावन ने माला को सीने से लगा लिया, ''अरे पगली, इतनी भी चिन्ता करने की क्या जरूरत है? थोड़ा बहुत उन्नीस-बीस भी हो जाएगा तो कौन-सा पहाड़ टूट पड़ेगा?''

अगले दिन जब सावन नौ बजे बैंक चला गया तो माला ने अपने प्रेमी को फोन किया, ''घर पर आ जाओ मेरी जान! रास्ता साफ है। मेरा घोंचू पति बैंक

चला गया है और अब वह छह बजे के पहले किसी कीमत पर घर वापस नहीं आएगा। तुम्हारे आने तक मैं उस सेज को सजा देती हूँ, जिस पर असली हक तुम्हारा है।'' फोन रखकर माला मुस्कराने लगी और अपने से ही बोली, 'भगवान ऐसा घोंचू पति सारी लड़कियों को दे।''

आन्दोलन

हीरा एक ऑफिस में चपरासी था। वह अपनी पत्नी दमयंती के साथ शहर मे ही एक ब्रहुत पुराने मामूली से मकान में रहता था। मकान उसके बाबा यानी पिता के पिता ने बनवाया था। मकान अब काफी जीर्णशीर्ण हालत में था। यद्यपि मकान काफी पुराना था लेकिन उसका क्षेत्रफल पर्याप्त बड़ा था। मकान पाँच सौ वर्ग मीटर में बना हुआ था। हीरा और उसकी पत्नी, सिर्फ वही दो प्राणी इतने बड़े मकान में रहते थे।

शहर में इतनी अच्छी जगह पर इतनी बड़ी ज़मीन कई लोगों को ललचा रही थी। मुहल्ले में ही एक दादा टाइप व्यक्ति था, बसंत। बसंत की नज़र भी उस जमीन पर थी। उसे लगता था कि हीरा और दमयंती दोनों मामूली लोग हैं। इन्हें डरा-धमकाकर यहाँ से भगाया जा सकता है। दोनों के पीछे कोई ऐसा प्रभावशाली व्यक्ति नहीं है, जो इनकी मदद के लिए आगे आएगा। दोनों को अर्दब देना शुरू किया जाए तो दोनों ही जल्दी से यहाँ से भाग खड़े होंगे। दोनों को पैसा-वैसा देने की कोई ज़रूरत नहीं है।

बसंत ने दोनों को डराना-धमकाना शुरू कर दिया। हीरा और दमयंती बिल्कुल भी नहीं दबे। एक तो हीरा इस स्थिति में नहीं था कि वह कहीं जमीन खरीदकर दूसरा घर बनवा ले, दूसरे वह इस तथ्य को भली-भाँति समझता था कि मेरी ज़मीन काफी बड़ी और बहुत कीमती है। कुछ दिन डराने-धमकाने के बाद जब बसंत ने देखा कि दोनों घर छोड़ने के लिए तैयार नहीं हैं, वह गुंडई और दबंगई पर उतर आया।

एक दिन हीरा ऑफिस गया हुआ था। बसंत अपने कुछ लोगों के साथ उसके घर में घुस गया और लगा दमयंती को बुरी तरह से मारने-पीटने। दमयंती जोर-जोर से चिल्लाने लगी। उसकी आवाज़ सुनकर धीरे-धीरे भीड़ इकट्ठी होने लगी। बसंत के साथी हथियारों से लैस थे। भीड़ में किसी की हिम्मत बोलने की नहीं हुई। बसंत और उसके लोगों ने दमयंती को घसीट-घसीटकर मारा। अंत में सब हवा में गोलियाँ चलाते हुए वहाँ से भाग गये।

लोगों ने पुलिस को फोन किया। पुलिस पहुँच गयी। वहाँ पर इकट्ठा लोग पुलिस प्रशासन मुर्दाबाद के नारे लगाने लगे। धीरे-धीरे जिले का पूरा प्रशानिक अमला ही वहाँ पहुँच गया। जिलाधिकारी से लेकर पुलिस कप्तान तक सब। मीडिया भी पहुँच गया। मीडिया ने घटना को जमकर उछाला। पूरे शहर में कोहराम मच गया।

दो दिन बाद शहर के लोगों ने दमयंती के समर्थन में एक लम्बा जुलूस निकाला। विभिन्न छात्र संगठन, महिला अधिकारों की समर्थक औरतें, तमाम स्वयंसेवी संगठन। दमयंती और हीरा को आगे करके दो पंक्तियों में लम्बा जुलूस निकला। लोग अपने हाथों में बैनर, पोस्टर और तख्तियाँ लिए हुए थे। लग रहा था, जैसे पूरा शहर ही सड़क पर उतर आया हो। जोर-जोर से नारे लग रहे थे। दमयंती और हीरा को बड़ी आश्वस्ति महसूस हो रही थी। इतने सारे लोग हमारे साथ हैं। अब हमें जरूर न्याय मिलेगा।

जुलूस अपने निर्धारित स्थल पर पहुँचा। टी.वी. चैनलों के कैमरे रिकार्डिंग करने लगे। अखबारों के कैमरों के फ्लैश चमकने लगे। संवाददाता पूरा विवरण लिखने लगे।

मीडिया के लोग कुछ देर में चले गये। उनके जाते ही भीड़ भी छँटने लगी। कुछ देर में ही सब गायब हो गये। वहाँ सन्नाटा छा गया। दमयंती और हीरा चारों तरफ आँखें फाड़-फाड़कर देख रहे थे। कहीं कोई नहीं था।

परम श्रद्धेय दहिजरू के नाती

इलाहाबाद विश्वविद्यालय के अमरनाथ झा छात्रावास में उस दिन का माहौल बहुत उत्तेजनापूर्ण था। शाम को चार बजे सभी छात्रों की एक आपातकालीन बैठक बुलायी गयी थी। दरअसल बात ही कुछ ऐसी हो गयी थी।

छात्रावास का यह नियम था कि छात्रावास का कोई भी छात्र चाहे जितने ऊँचे पद पर पहुँच जाए, यदि उससे मिलने छात्रावास को कोई भी वर्तमान या भूतपूर्व छात्र जाता है तो ऊँचे पद पर बैठे प्रत्येक व्यक्ति का कर्तव्य है कि वह उससे ठीक से मिले और इज़्ज़त से पेश आए। सबको इस नियम का पालन करना अनिवार्य था। इस समय भारत सरकार के कम से कम आधा दर्जन सचिव इस छात्रावाद के थे। एक भूतपूर्व छात्र पद्‌मकान्त ने अनर्थ कर दिया था। वे अभी मुश्किल से आठ साल पहले इस छात्रावास के अंतःवासी थे। इस छात्रावास में रहते-रहते ही उन्होंने नेतागिरी शुरू कर दी थी। उस समय छात्रावास के सभी अन्तःवासियों ने उनका जोर-शोर से समर्थन किया। इस समय पद्‌मकान्त विधायक होकर प्रदेश सरकार के मंत्री बने हुए थे। दो दिन पहले छात्रावास के चार छात्र उनसे मिलने गये थे। उन्होंने चारों छात्रों को पहचानने से इनकार कर दिया।

ठीक चार बजे से सभी अन्तःवासी छात्रों की बैठक शुरू हो गयी। सभी छात्र उत्तेजित थे। छात्रावास के कुछ वरिष्ठ छात्र बैठक का संचालन कर रहे थे। कनिष्ठ छात्रों ने पहला प्रस्ताव रखा, अब न तो पद्‌मकान्त से मिलने कभी भी छात्रावास का कोई भी छात्र जाएगा, कभी मिल जाने पर न तो उन्हें पहचानेगा और न ही नमस्कार करेगा, मौका मिलने पर कोई भी उन्हें अपना मत नहीं देगा। प्रस्ताव सर्वसम्मति से पास हो गया। कुछ छात्रों ने प्रस्ताव रखा, आपसी बातचीत में कोई भी व्यक्ति उन्हें पद्‌मकान्त नहीं कहेगा। उनका नाम बिगाड़ दिया जाए। कुछ देर हुज्जत के बाद यह प्रस्ताव भी पास हो गया। अब समस्या यह आई कि बिगाड़कर उनका नाम क्या रखा जाए? किसी ने कहा—मूर्ख रख दिया जाए, किसी ने कहा

नालायक रख दिया जाए। एक कनिष्ठ छात्र खड़ा होकर बोला, ''मेरे गाँव में औरतें जब भी किसी आदमी या लड़के को गाली देती हैं, वे उसे दहिजरू के नाती कहती हैं। पद्मकान्त का नाम दहिजरू के नाती रख दिया जाए।'' जोर से तालियाँ बजीं। सबने इस बात का समर्थन किया कि उनका नाम 'दहिजरू के नाती' रख दिया जाए। संचालन कर रहे एक वरिष्ठ छात्र ने कहा, ''फिलहाल वे प्रदेश सरकार में मंत्री हैं। हमें उनके सम्मान का भी ध्यान रखना चाहिए। उनके नाम में कोई सम्मानसूचक शब्द भी होना चाहिए।'' कुछ दूर तक चुप्पी छाई रही। एक छात्र खड़ा हुआ और बोला, ''उनका नाम 'परम श्रद्धेय दहिजरू के नाती' रख दिया जाए। इससे पता चलता रहेगा कि दहिजरू के नाती कोई बड़े आदमी हैं। कुछ लोगों ने समर्थन किया ''हाँ, यह नाम ज्यादा ठीक रहेगा।'' तालियाँ बजने लगीं। तय हो गया। 'परम श्रद्धेय दहिजरू के नाती' ही ठीक रहेगा। संचालन कर रहे एक वरिष्ठ छात्र ने जोर से नारा लगाया, ''परम श्रद्धेय दहिजरू के नाती...'' ''ज़िन्दाबाद-ज़िन्दाबाद!'' जवाबी नारा गूँज उठा।

ठेकेदारी

रवीश गाँव में रहकर खेती-बाड़ी करता था। साथ ही गाँव से थोड़ी दूर स्थित महाविद्यालय में पढ़ाई भी करता था। उसने एम.ए. कर लिया। अब समस्या यह थी कि आगे क्या किया जाए? उसे अच्छी तरह पता था कि नौकरी तो कहीं मिलने से रही। किसी और चीज में हाथ अजमाया जाए।

रवीश थोड़ी-बहुत नेतागिरी भी करता था। उसने सोचा, क्यों न ठेकेदारी की जाए! मेरे जैसे व्यक्ति के लिए ठेकेदारी से बढ़िया धंधा और कोई नहीं है।

एक दिन उसने एक ठेकेदार मित्र को अपनी इच्छा बताई। मित्र ने सलाह दी कि विचार बुरा नहीं है लेकिन इस धंधे में उतरने के लिए दबंग बनना पड़ेगा। रवीश बोला, ''सो तो मैं बन जाऊँगा। यह बताओ कि शुरुआत कहाँ से करूँ?'' मित्र ने उत्तर दिया, ''जिला पंचायत से शुरू करो। जाकर जिला पंचायत में पता करो। शायद कोई ठेका मिल जाए!''

एक दिन रवीश जिला पंचायत के कार्यालय पहुँचा। लोगों से पूछते, पता करने वह सही अधिकारी तक पहुँच गया। उसने अधिकारी के सामने अपनी इच्छा व्यक्त की, ''साहब मैं एम.ए. पास कर चुका हूँ। अब मैं ठेकेदारी का धंधा शुरू करना चाह रहा हूँ। मेरे सिर पर आप अपना हाथ रख दीजिए। आप जैसा कहेंगे, मैं वैसा ही करूँगा। आप की हर तरह से सेवा करूँगा।'' अधिकारी ने पहने उसे ऊपर से नीचे तक देखा। फिर बोले, ''ठीक है! मैं तुम्हें मौका दूँगा। एकाध काम देकर पहले तुम्हें आजमाऊँगा। अगर हमारी कसौटी पर तुम खरे उतरे तो हम तुम्हें अपना आदमी बना लेंगे।'' ''बस साहब बस!'' रवीश ने अधिकारी के पैर पकड़ लिये, ''यही मैं भी चाहता हूँ। आप देखिएगा! मैं किसी भी तरह से पीछे नहीं हटूँगा।''

अधिकारी ने कहा, ''इस धंधे में उतर रहे तो पहले इसके नियम समझ लो। मान लो तुम्हें दस लाख का ठेका मिलता है। किसी तरह का भुगतान होने के पहले ही दस लाख की बीस प्रतिशत धनराशि तुम्हें बड़े अधिकारी को देनी होगी।

इस बीस प्रतिशत में जिलाधिकारी से लेकर मंत्री तक सबका हिस्सा लगता है। उसके बाद तुम्हें दस लाख का दस प्रतिशत जिला पंचायत अध्यक्ष को देना पड़ेगा। जिला पंचायत अध्यक्ष चूँकि नेता होता है, इसलिए यह पूरी रकम वह खुद रख लेता है। वह किसी को हिस्सा नहीं देता। इसके बाद दस लाख का पाँच प्रतिशत हिस्सा कनिष्ठ अभियंता अर्थात् जे.ई. को देना पड़ता है। वही काम की गुणवत्ता की जाँच करके बताता है कि काम सही हुआ है। फिर दस लाख का पाँच प्रतिशत ऑफिस खर्च देना होता है। यह पाँच प्रतिशत कार्यालय के सभी बाबुओं और चपरासियों के बीच बँटता है। दस लाख का चालीस प्रतिशत तुम्हारा खर्च हो गया। अब दस प्रतिशत तुम मेरे पास जमा कर दोगे। यह आपातकोष होता है। मान लो कोई जाँच-वाँच हो गयी और मामला फँस गया तो मामले को रफा-दफा करने के लिए इस आपातकोष का उपयोग होता है। वैसे तो मामला रफा-दफा हो जाता है लेकिन अगर बहुत बड़ा लफड़ा हो गया और हम तुम्हें न बचा पाए तो फिर आगे सब कुछ तुम्हें ही झेलना पड़ेगा। हम हाथ झाड़कर अलग खड़े हो जाएँगे। डरने की बात नहीं है। ऐसा जल्दी होता नहीं है।''

''दस लाख में तुम्हारे पास सिर्फ पचास प्रतिशत राशि ही बचेगी यानी कि पाँच लाख रुपये। इसी में तुम्हें सारा काम भी करना है और अपने लिए बचाना भी है। यहीं पर तुम्हारे कौशल की परीक्षा हो जाती है। यहीं नहीं, हर सरकारी काम ऐसे ही होता है। तभी सड़क बनने के साल भर के अन्दर उखड़ जाती है। पुलिया बनने के पाँच साल के अन्दर टूट जाती है। तुम सब कुछ एक बार फिर से सोच लो। इस काम में तुम अपने को समायोजित कर पाओगे या नहीं?''

अधिकारी की बात सुनकर रवीश की हिम्मत जवाब दे गयी। इतना सब करने के बाद ठेकेदारी में अपना वर्चस्व बनाए रखने के लिए गुंडई-बदमाशी अलग से करनी पड़ती है। उसे लगा कि ठेकेदारी उसके बस का काम नहीं है। उसने अधिकारी से कहा, ''साहब, मैं सोच-विचार करके कुछ दिनों बाद आपको इसके बारे में बताता हूँ।'' वह चुपचाप वहाँ से चला आया।

फीस

मंटू कम्पनी बाग में यूँ ही बैठा हुआ था, अकेले। उसकी उम्र पैंतीस साल हो गयी थी। कई वर्षों से इलाहाबाद में टिककर प्रतियोगी परीक्षाएँ दे रहा था। अभी तक सफलता हाथ नहीं लगी। यद्यपि पी.सी.एस. परीक्षा के अंतिम चरण अर्थात् साक्षात्कार तक वह दो बार पहुँच चुका था।

मंटू की जेब में इस समय एक भी पैसा नहीं था। वह चक्कर में था कि कहीं से कुछ पैसे मिल जायँ। वह उठा। कम्पनी बाग में इधर-उधर टहलने लगा।

मंटू ने एक जगह देखा कि झाड़ियों के पीछे एक प्रेमी-युगल बैठा हुआ है। दोनों ने एक प्रतिष्ठित अंग्रेजी-माध्यम स्कूल की ड्रेस पहन रखी थी। ग्यारहवीं-बारहवीं के छात्र लग रहे थे। लड़का लड़की को पकड़कर उसके होंठों को चूम रहा था। मंटू उसके पास पहुँच गया। गुर्राते हुए पूछा, "तुम लोगों ने फीस दी?" दोनों हड़बड़ाकर अलग हो गये। लड़के ने पूछा, "कैसी फीस?" दोनों घबरा गये थे और नर्वस थे। मंटू बोला, "कम्पनी बाग में प्रेमी-प्रेमिका बैठकर बातें कर सकते हैं। इसकी कोई फीस नहीं लगती लेकिन अगर प्रेमी अपनी प्रेमिका को चूमता है तो इसके लिए फीस देनी होती है। फीस नहीं जमा करोगे तो तुम दोनों को पकड़कर पुलिस को सौंप दिया जाएगा।" लड़का रुआँसा हो गया, "नहीं, नहीं सर! हमें पकड़कर पुलिस में मत दीजिए। बताइए कितनी फीस लगती है?" "प्रेमिका को चूमने की फीस पाँच सौ रुपये है।" मंटू बोला। लड़के ने अपनी जेब से पर्स निकाला। अपने पर्स से उसने पाँच सौ के बजाय हजार रुपये निकाले और मंटू को दे दिए। मंटू ने पैसा रखते हुए कहा, "अब तुम दोनों निश्चिन्त होकर एक-दूसरे को चूमो, प्यार करो। मैं कुछ दूर पर आगे बैठकर पहरा दे रहा हूँ। कोई भी इधर आने की कोशिश करेगा तो मैं उसे भगा दूँगा। शुरू हो जाओ..." मंटू कुछ दूर आगे जाकर बैठ गया और पहरा देने लगा।

गाड़ी का पंचर

सुधाकर विश्वविद्यालय से एम.ए. कर रहा था। उसके पिता बैंक में प्रबन्धक थे। माँ प्रभावती एक सरकारी विद्यालय में अध्यापिका थीं। वे बहुत धार्मिक महिला थीं। एक बाबा जी थे—स्वामी मोहनदास जी। स्वामी मोहनदास जी की अध्यात्म की दुनिया में बहुत हनक थी। बड़े-बड़े लोग उनके शिष्य थे। उनका आध्यात्मिक साम्राज्य पूरे देश में फैला हुआ था। प्रभावती भी स्वामी मोहनदास जी की भक्त थीं। वे उन्हें अपना आध्यात्मिक गुरु मानती थीं। अपने जिले में स्थित स्वामी जी के स्थानीय केन्द्र में वे बराबर जाती रहती थीं और बड़े श्रद्धाभाव से वहाँ के कार्यक्रमों में भाग लेती थीं। उनके घर में, उनके बैग में, उनकी स्कूटी में, हर जगह स्वामी जी का चित्र रहता था। स्वामी जी के चित्र को वे बहुत शुभ और पवित्र मानती थीं। वे इस बात के लिए हमेशा प्रयासरत रहती थीं कि एक बार स्वामी जी से आमने-सामने मुलाकात हो जाए। अपने इस प्रयास में उन्हें अभी तक सफलता नहीं मिल पाई थी।

प्रभावती सुधाकर के सामने हमेशा अपने गुरु जी की प्रशंसा करती रहती थीं। गुरु जी के सैकड़ों चमत्कारों का वर्णन करती रहती थीं। उनका प्रयास था कि सुधाकर के मन में भी गुरु जी के प्रति श्रद्धा जग जाए और वह भी गुरु जी का भक्त बन जाए। सुधाकर था कि किसी भी तरह उनके कब्जे में नहीं आ रहा था। प्रभावती जब भी गुरु जी का गुणगान शुरू करतीं, वह अप्रत्यक्ष रूप से गुरु जी का मज़ाक उड़ाना शुरू कर देता। उसका कहना था कि किसी बाबा के पीछे टहलने से अच्छा है, मैं खुद बाबा बन जाऊँ और अपना खुद का एक आध्यात्मिक साम्राज्य खड़ा कर लूँ। प्रभावती अक्सर सुधाकर से कहतीं, ''चलकर स्वामी जी के स्थानीय केन्द्र में देखो। इतने बड़े-बड़े लोग वहाँ पर झाड़ू-पोंछा लगाते हैं कि तुम सोच भी नहीं सकते।'' सुधाकर उन्हें उत्तर देता, ''आश्रम में झाड़ू-पोछा लगाने के बजाय ये बड़े-बड़े लोग अपने-अपने घरों में झाड़ू-पोंछा लगाएँ तो महरिन का खर्च बच जाएगा,

लेकिन ये बड़े-बड़े लोग अपने-अपने घरों में झाड़ू-पोंछा नहीं लगाएँगे। अपने घर में झाड़ू-पोंछा लगाने से उनकी नाक कट जाएगी।''

एक दिन प्रभावती शाम को घर आईं। श्रद्धापूर्ण मुस्कराहट से चेहरा दीप्त हो रहा था। घर में घुसते ही वे जय-जयकार करने लगीं, ''गुरु जी आपकी जय हो-जय हो! आपकी लीला कोई नहीं जान सकता। आपकी महिमा अपरम्पार है।'' सुधाकर ने कौतूहल से पूछा, ''क्या हो गया मम्मी?'' प्रभावती बोलीं, ''बेटा अगर मैं बताऊँगी तो तुम विश्वास नहीं करोगे। विद्यालय के काम से मुझे आज एक गाँव तक जाना पड़ गया। करीब चार बजे मैं वहाँ से लौट रही थी। रास्ते में एकदम सन्नाटा था। अचानक मेरी स्कूटी पंचर हो गयी। मैं स्कूटी वहीं खड़ी करके असहाय भाव से चारों तरफ देखने लगी। अचानक न जाने कहाँ से एक लड़का वहाँ पैदल ही आ गया। उसके पास बड़ा सा झोला था। उसने मुझसे पूछा कि आपकी गाड़ी पंचर हो गई है क्या? मैंने कहा, ''हाँ।'' उसने कहा कि मैं पंचर बनाता हूँ। मैं अपनी दुकान बंद करके लौट रहा हूँ। लाइए आपकी गाड़ी को देखता हूँ। उसने मेरी स्कूटी का पहिया खोला और उसकी जाँच की। आश्चर्य! उसने मेरी स्कूटी का पंचर बना दिया। उसके पास हवा भरने वाला पम्प भी था। उसने हवा भी भर दी। मेरी स्कूटी एकदम ठीक हो गयी। उस लड़के ने मुझसे पैसा लिया और चुपचाप चला गया। वे निश्चय ही गुरु जी थे। एक लड़के का वेश बनाकर मेरी मदद करने के लिए आए थे।'' सुधाकर तुरन्त बाहर भागा।

सुधाकर ने स्कूटी का पहिया देखा। माँ जो पहिया पंचर होने की बात कर रही थीं, उसे गौर से जाँचा। सब कुछ एकदम ठीक था। सुधाकर घर के अन्दर आकर अपनी माँ से बोला, ''मम्मी आज मैं आपके गुरु जी को मान गया और चाहे जो हो लेकिन आपके गुरु जी गाड़ी पंचर बहुत अच्छा बनाते हैं।''

मुस्कराइए कि आप आजाद भारत में हैं!

प्रदीप जी के सारे देय वाजिब थे लेकिन सरकार परेशान कर रही थी। सरकारी तंत्र एकदम संवेदनहीन होता है, कोई कितना भी परेशान हो रहा हो, उसकी बला से। कितना भी जायज काम हो, सरकारी-तंत्र के कान पर जूँ तक नहीं रेंगती। इसीलिए हर कोई प्रभावशाली, अति महत्त्वपूर्ण व्यक्ति बनने के लिए परेशान रहता है। अत्यन्त प्रभावशाली व्यक्ति बन जाने पर सही तो क्या, सारे गलत काम भी धड़ाधड़ होने लगते हैं।

परेशान होते-होते प्रदीप जी को गुस्सा आ गया। उन्हें देश की न्यायपालिका पर बड़ा भरोसा था। उन्होंने एक अच्छे वकील से बात की। सरकार के खिलाफ़ उच्च न्यायालय में मुकदमा दायर कर दिया। उन्होंने बड़े उत्साह से मुकदमा लड़ना शुरू किया। मुकदमा लड़ते-लड़ते धीरे-धीरे न्यायालय का गणित उनकी समझ में आने लगा। उनका उत्साह मंद पड़ने लगा। उन्हें अब उस कविता की हकीकत समझ में आने लगी। एक जून की तुम भले रोटी खाना, मगर मेरे बेटे कचहरी न जाना।

तारीख लगवाने, तारीख रुकवाने के एक से एक दांव-पेंच। पैसा कागज़ की तरह उड़ रहा था। तारीख लगती थी तो नम्बर नहीं आता था। भूल से कभी नम्बर आ जाए तो वकील साहब किसी और केस में अन्य कोर्ट में व्यस्त रहते थे। प्रदीप जी छुट्टी ले-ले कर चकरघिन्नी की तरह कोर्ट के चक्कर काट रहे थे। वकील साहब के दो टके के मुंशी बात-बात में बेइज़्ज़त करते थे और झाड़ पिला देते थे। वकील साहब के मुंशियों तक की चापलूसी और लल्लो-चप्पो करनी पड़ रही थी। जिस दिन छुट्टी रहती, दिनभर वकील साहब के घर पर बेवकूफ की तरह बैठे रहते, जिस दिन तारीख लगती, दस बजे से चार बजे तक उच्च न्यायालय में बेवकूफ की तरह बैठे रहते। चार बजे जब जज साहब लोग उठ जाते तो उनके पेशकार को जाकर सौ रुपये पकड़ाने पड़ते जिससे अगले हफ्ते फिर लिस्ट में मुकदमा आ जाए। नहीं तो लिस्ट से मुकदमा गायब हो जाता और उसको नये सिरे से फिर से लगवाने के लिए पापड़ बेलने पड़ते। प्रदीप जी की सारी अफसरी हवा हो गयी थी।

मुकदमा लड़ते-लड़ते दस साल बीत गये। प्रदीप जी बेमन से मुकदमा लड़े जा रहे थे। उच्च न्यायालय में लिखे हुए वाक्य, 'सत्यमेव जयते' को वे बड़ी घृणा से देखते थे। पैसा और न्याय, देर से देना न देने के बराबर होता है।

एक दिन वकील साहब के एक जूनियर वकील ने उनसे कहा, "इस समय जो कोर्ट चल रही है, उसका पेशकार बहुत भ्रष्ट है। पैसे लेकर वह केस को अनलिस्टेड कर देता है। कुछ पैसे खर्च करिए तो आपका केस भी अनलिस्टेड करवा दूँ।" "उससे क्या होगा।" प्रदीप जी ने पूछा। जूनियर वकील ने बताया, "किसी भी केस को जज जब अनलिस्टेड करते हैं, इसका मतलब होता है कि अब उस केस का फैसला होकर रहेगा। यह पेशकार घूस लेकर किसी-किसी केस को खुद ही अनलिस्टेड कर देता है।" प्रदीप जी पैसा देने को तैयार हो गये। जूनियर वकील ने पेशकार को एक हजार रुपये देकर केस को अनलिस्टेड करा दिया और प्रदीप जी से दो हजार रुपये ले लिए। प्रदीप जी के केस की सुनवाई हो गयी। चूँकि उनका मुकदमा बहुत ही वाजिब था, अतः वे मुकदमा जीत गये। उन्होंने बड़े श्रद्धाभाव से मन ही मन उस भ्रष्ट पेशकार को प्रणाम किया क्योंकि अगर वह न मिला होता तो वे अभी न जाने कितने साल तक मुकदमा लड़ते रहते।

बुभुक्षितं किन्नकरोति पापम्

सुमिता के पति की असमय मौत हो गयी थी। आय का कोई ठोस साधन नहीं था। ऊपर से दो बेटियाँ भी थीं रुम्पी और झुम्पी। रुम्पी बी.ए. में पढ़ रही थी जबकि झुम्पी इस समय दसवीं में थी। दोनों बेटियों की पढ़ाई का खर्च, खाने-पीने का खर्च, घर चलाने का खर्च! सारे खर्चों की व्यवस्था कर पाना सुमिता के लिए बहुत कठिन हो रहा था। ईश्वर की कृपा से कम से कम घर अपना था, नहीं तो शहर में रह पाना मुश्किल हो जाता। सुमिता बच्चों के एक प्राइवेट स्कूल में पढ़ाकर किसी तरह गृहस्थी की गाड़ी खींचने की कोशिश कर रही थी, लेकिन गाड़ी ठीक से खिंच नहीं पा रही थी।

शहर में बहुत बड़े सेठ थे, रोशनलाल। उम्र थी, करीब पचपन साल। अपना काफी बड़ा निजी व्यवसाय था। बहुत पैसेवाले थे रोशनलाल। एक दिन बहुत सोच-समझकर सुमिता उनके पास काम माँगने गयी।

रोशनलाल बोले, "मेरे पास तुम्हारे लायक कोई काम नहीं है। हाँ घर में झाड़ू-पोंछा और कपड़े वगैरह साफ करना चाहो तो मैं तुम्हें काम दे सकता हूँ।"

सुमिता तैयार हो गयी, "ठीक है साहब! मुझे पैसे से मतलब है। मुझे ठीक-ठाक पैसा दे दीजिए, मैं यही काम कर लूँगी।" रोशनलाल ने उसे अगले दिन से काम करने को कह दिया।

सुमिता बड़ी मेहनत और लगन से काम करने लगी। किसी को किसी तरह की शिकायत का कोई मौका नहीं देती थी। कुछ ही महीनों में उसने रोशनलाल की पत्नी का दिल और विश्वास, दोनों जीत लिया। वह सेठानी की सबसे भरोसेमंद और विश्वासपात्र नौकरानी हो गयी। सेठानी कभी-कभी उसके भरोसे पूरा घर छोड़कर चली जाती थीं।

सेठानी को जरूरी काम से एक महीने के लिए मायके जाना था। उन्होंने सुमिता से कहा, "सुमिता मैं एक महीने के लिए मायके जा रही हूँ। मेरे पीछे तुम घर का

का ध्यान रखना। सबेरे नौ बजे तक आ जाया करो और शाम को सात बजे तक जाना। घर मैं तुम्हारे भरोसे छोड़कर जा रही हूँ।'' सुमिता ने आश्वस्त किया, ''आप निश्चिन्त रहें मालकिन! मैं घर का पूरा ध्यान रखूँगी।''

सेठानी चली गयीं। अब सुमिता ही घर की मालकिन थी। चार दिन बाद वह अपनी बड़ी बेटी रुम्पी को साथ लेकर काम करने आई। रोशनलाल उस समय घर पर ही थे। रुम्पी बीस साल की देखने-सुनने लायक लड़की थी। रोशनलाल सुमिता की आँखे बचा-बचाकर रुम्पी को देख रहे थे। सुमिता ने रोशनलाल के मनोभावों को ताड़ लिया। वह काम छोड़कर रोशनलाल के पास गयी। ''साहब एक मिनट जरा सा इधर आइए।'' वह रोशनलाल को लेकर एक तरफ गयी, ''साहब अगर सेठानी जी की कमी महसूस हो रही हो तो आप मेरी बेटी से काम चला सकते हैं।'' रोशनलाल एकदम से अचकचा गये, ''क्या बात कर रही हो?'' ''शरमाइए नहीं साहब! आपकी नौकरानी हूँ। आपका नमक खा रही हूँ। मैं आपकी खुशी का ध्यान नहीं रखूँगी तो कौन रखेगा?'' सुमिता ने कहा। वह रुम्पी और रोशनलाल को लेकर उनके शयनकक्ष में गयी और दरवाजा बाहर से बंद कर दिया। अब सुमिता रोज रुम्पी को लेकर आती। रोशनलाल बहुत प्रसन्न थे। वे रोज सुमिता को चार हजार दे देते।

सेठानी मायके से वापस आ गयीं। दो महीने बाद एक दिन सुमिता ने रोशनलाल से कहा, ''साहब, रुम्पी आपके बच्चे की माँ बनने वाली है।'' उनके पैरों तले से जीमन खिसक गयी। वे घबराकर बोले, ''मुझसे कुछ पैसे ले लो। ले जाकर कहीं सफाई करवा दो।'' ''लेकिन साहब, रुम्पी तो कह रही है कि वह अपने बच्चे को जन्म देगी, चाहे जो हो जाए।'' सुमिता ने कहा। रोशनलाल रुआँसे हो गये, ''क्यों मेरी इ़ज़्ज़त का बाजा बजवाने पर तुली हुई हो। उसको किसी तरह समझाओ।'' सुमिता बोली, ''साहब आपकी इ़ज़्ज़त बचाने की कीमत है, पच्चीस लाख रुपये। कोई मोलभाव नहीं।'' रोशनलाल सुमिता का चेहरा देखने लगे। ''ठीक है! तुम्हें पच्चीस लाख रुपये मिल जाएँगे लेकिन उसके बाद मेरे घर फिर कभी मत दिखाई पड़ना।'' उन्होंने कुछ देर बाद कहा।

प्रयागे कुम्भक्षेत्रे

प्रयाग में कुम्भ मेले की तैयारियाँ जोर-शोर से चल रही थीं। मेले की तैयारियों का जायजा लेने के लिए किसी दिन कोई केंद्रीय मंत्री आ रहा था तो किसी दिन राज्य सरकार का मंत्री। मेले को सकुशल सम्पन्न कराने के लिए बीसों अरब रुपये सरकार ने दिए थे। जब कोई मंत्री मेले की तैयारी का जायजा लेने आता तो अखबारों में छपता कि मंत्री जी फलाँ विभाग की तैयारियों का सख्ती से निरीक्षण करेंगे। स्थानीय लोग आपस में इस बात पर बहस करते कि यह मंत्री लगभग इतने करोड़ रुपये तो कम से कम झटककर ले ही जाएगा। यही हाल विभिन्न विभागों के बड़े अधिकारियों का भी था। केन्द्र सरकार या राज्य सरकार के किसी विभाग का सचिव आता तो अखबारों में इस बात का कयास लगाया जाता कि वह कितनी सख्त कार्रवाई करेगा और जनता यह कयास लगाती कि यह कितना झटककर ले जाएगा।

एक दिन मेले की तैयारियों का जायजा लेने के लिए प्रदेश के मुख्यमंत्री आए। कार से टहल-टहलकर उन्होंने एक-एक चीज का मुआयना किया। कहाँ क्या चीज दुरुस्त है, कहाँ क्या चीज गड़बड़ है। वे अधिकारियों को एक-एक चीज के लिए निर्देश दे रहे थे। वे साधुओं से भी मिले। गृहस्थों से भी मिले। मेले में काम कर रहे लोगों से भी मिले। वे हर व्यक्ति की समस्या सुन रहे थे और अधिकारियों को उन समस्याओं को दूर करने का निर्देश दे रहे थे। वे चाह रहे थे कि उनके कार्यकाल में होने वाला यह कुम्भ यादगार बने और प्रशासन के ऊपर किसी तरह के छींटे न पड़ें।

मुख्यमंत्री टहल-टहलकर सब देख रहे थे। एक जगह उन्हें मेले के सारे सफाई कर्मचारियों ने घेर लिया। मुख्यमंत्री अपनी कार से उतर पड़े। वे सफाई कर्मचारियों से उनकी समस्याएँ पूछने लगे। सफाई कर्मचारियों का नेता बोला, "साहब, आप देख ही रहे हैं कि मेला क्षेत्र में कितने टेंट लगे हुए हैं। मेला क्षेत्र में हजारों साधु-सन्त, हजारों कल्पवासी और बहुत सारे अधिकारी-कर्मचारी रहेंगे। आप तो जानते हैं

कि यह संसार का सबसे बड़ा मेला है। कई करोड़ लोग देश-विदेश से संगम स्नान करने आयेंगे। आखिर वे लोग मल-मूत्र का त्याग कहाँ करेंगे? मेले में जो शौचालय बने हैं, उनमें सीमित लोग ही मल त्याग कर सकते हैं। ऐसे में करोड़ों लोग मेला क्षेत्र में मलत्याग करेंगे। ऐसे में पूरा मेला क्षेत्र बदबू करने लगेगा। मेले में बहुत सी संक्रामक बीमारियाँ फैल जाएँगी। मेले में बहुत सारे लोगों की मौत तो जाएगी।'' मुख्यमंत्री को लगा कि बात तो सही है। उन्होंने सफाई कर्मचारियों से पूछा, ''इसके लिए क्या किया जा सकता है? आप लोग क्या चाहते हैं?'' उनका नेता बोला, ''साहब, तीर्थयात्रियों को मेलाक्षेत्र में मलत्याग करने से रोक दिया जाए। जिनको मलत्याग करना हो, वे मेला क्षेत्र के बाहर जाकर मलत्याग करें।'' मुख्यमंत्री ने उसकी बात मान ली। उन्होंने मुख्य सचिव का इस आशय का आदेश निकालने को कहा।

कुम्भ मेला शुरू हो गया। इतना लम्बा-चौड़ा, लगभग एक छोटे शहर के बराबर फैला, मेला क्षेत्र। इतनी भीड़-भाड़। बाहर से आने वाले श्रद्धालुओं की समझ में नहीं आ रहा था कि कहाँ मल त्याग करें। जिसको जहाँ भी खाली जगह दिखाई पड़ती, वहीं जाकर मलत्याग करने लगता। जहाँ भी मलत्याग करते कोई दिखता, एक न एक सफाईकर्मी दौड़ पड़ता। वह जोर-जोर से चिल्लाने लगता, ''मेले में हगने के लिए आए हो? जानते नहीं। मुख्यमंत्री जी का सख्त आदेश है कि मेला क्षेत्र में कोई मलत्याग नहीं कर सकता।'' आदमी रिरियाने लगता, ''भइया बहुत तेज लगी है। आखिर कहाँ जाऊँ?'' सफाईकर्मी धीरे से कहता, ''या तो मेला क्षेत्र से बाहर जाकर करो या पचास रुपये दो।'' आदमी से पचास-पच्चीस जो भी मिल जाता, सफाईकर्मी लेकर चल देता। शौच करने वाले पुरुषों से पुरुष सफाईकर्मी निबट रहे थे। शौच करने वाली महिलाओं से महिला सफाईकर्मी निबट रही थीं। डेढ़ महीने में सफाई-कर्मियों की अच्छी-खासी कमाई हो गयी।

चढ़ावा

ऐसा माना जाता है कि गुरु जी बहुत पहुँचे हुए संत हैं। उनके मन के तार सीधे ईश्वर से जुड़े हुए हैं और उनके लिए कुछ भी असम्भव नहीं है। पूरे देश में गुरु जी के भक्तों की संख्या लाखों में थी। गुरु जी के भक्त गुरु जी को इतना चढ़ावा चढ़ाते थे कि गुरु जी अकूत धन-सम्पदा के मालिक हो गये थे।

डॉ. सुनिधि एक महाविद्यालय में प्राध्यापक थीं। वे गुरु जी की परम भक्त थीं। महाविद्यालय और अपने कामों के बाद उन्हें जो भी समय मिलता, वह सारा समय वे गुरुजी को समर्पित कर देती थीं। गुरुजी के शिष्यों की संख्या बढ़ाने के लिए वे एड़ी-चोटी का जोर लगाती थीं। अपनी क्लास में भी वे आधा समय पढ़ाती थीं और आधा समय गुरु जी की महिमा का बखान करती थीं। अपनी क्लास के छात्र-छात्राओं को वे हमेशा गुरु जी का भक्त बनने के लिए प्रेरित करती रहती थीं। उनके प्रयास से काफी छात्र-छात्राएँ गुरु जी के भक्त बन चुके थे।

डॉ. सुनिधि वैसे तो महाविद्यालय के छात्र-छात्राओं से बहुत सख्ती से पेश आती थीं परन्तु जो लड़के-लड़कियाँ गुरु जी के भक्त बन जाते थे, उनको कुछ भी करने की छूट मिल जाती थी। मुहब्बत की पेंच लड़ाने वाले जोड़े अक्सर गुरु जी के भक्त बन जाया करते थे क्योंकि तब एक तो सुनिधि मैडम उनकी मुहब्बत पर कोई ऐतराज नहीं जताती थीं, दूसरे उन्हें अपनी छत्रछाया में मुहब्बत के अवसर सुलभ कराती थीं। लोग समझ नहीं पाते थे कि सुनिधि मैडम को आखिर गुरु जी के ज्यादा भक्त बनाने की धुन क्यों सवार थी? वह भी किसी भी कीमत पर! अपने गुरु जी के बारे में उनका प्रिय वाक्य था, ''जानते हो गुरुजी कितने महान हैं? बड़े-बड़े आई.जी., डी.आई.जी. और कमिश्नर उनके आश्रम में झाड़ू लगाते हैं।''

एक दिन सुनिधि मैडम ने निश्चय किया कि आज मैं गुरु जी को पचास हजार रुपये चढ़ावा चढ़ाऊँगी। उन्होंने पचास हजार रुपये अपने बैग में रखे और महाविद्यालय चल दीं। उन्होंने सोचा कि महाविद्यालय से लौटते वक्त गुरु जी के आश्रम में जाऊँगी और पैसे चढ़ा दूँगी।

महाविद्यालय में उन्हें उनका एक गरीब शिष्य अंगद मिल गया। वह उन्हें देखते ही उनके पैर पकड़कर रोने लगा, ''मैडम मेरे पिता जी के पास पैसे नहीं हैं। आज फीस जमा करने की अंतिम तिथि है। आज अगर मैं फीस नहीं जमा कर पाया तो मेरा कॉलेज से नाम कट जाएगा।'' ''कितनी फीस जमा करनी है?'' डॉ. सुनिधि ने पूछा। अंगद रोते हुए जवाब दिया, ''मैडम, पांच हजार रुपये।''

''पांच हजार रुपये?'' सुनिधि उखड़ गयीं, ''तुम लोगों ने क्या समझ रखा है? मेरे घर में पैसे का पेड़ लगा हुआ है क्या? जानते हो मेरा महीने का खर्च कितना है? हर महीने बीस हजार रुपये तो मुझे लोन जमा करना पड़ता है। तुम्हें और कोई नहीं मिला? मैं ही मिली थी? मेरे पैर छोड़ो और जाकर किसी और के पैर पकड़ो।'' उन्होंने झटककर अपने पैर छुड़ा लिये और चलती बनीं।

महाविद्यालय से लौटते वक्त डॉ. सुनिधि परम प्रसन्न लग रही थीं। वे गुरु जी के आश्रम की ओर जा रही थीं। वे गुरु जी के ऊपर बनाया गया एक भजन श्रद्धा से गुनगुना रहीं थी—'गुरु जी मैं चरणों की दासी...' वे गुरु जी के आश्रम पहुँचीं। गुरु जी के समुद्र रूपी अपार धन सम्पदा और वैभव में उन्होंने बूँद रूपी अपना पचास हजार चढ़ा दिया। उनके मन को बड़ी शान्ति महसूस हो रही थी।

अहसान

डॉ. राजीव फैजाबाद के उस महाविद्यालय में अपने भतीजे के प्रवेश को लेकर परेशान थे। चूँकि उनका पुश्तैनी घर फैजाबाद के ही एक गाँव में था और सारा खानदान फैजाबाद में ही था, अतः उन्हें लगा कि भतीजे का प्रवेश फैजाबाद के ही किसी विद्यालय में कराना ठीक रहेगा। चूँकि वह फैजाबाद का प्रतिष्ठित महाविद्यालय था, अतः वे वहीं भतीजे के प्रवेश के लिए प्रयासरत थे।

वैसे डॉ. राजीव बनारस के एक महाविद्यालय में प्राध्यापक थे। एक बार उनके मन में विचार आया था कि भतीजे का प्रवेश अपने महाविद्यालय में ही करा दूँ परन्तु बाद में उन्होंने सोचा कि यह ठीक नहीं रहेगा। फैजाबाद से बनारस आने-जाने में भतीजे को असुविधा होगी। खर्च बढ़ जाएगा सो अलग।

भतीजे के प्रवेश में समस्या हो रही थी। अचानक उन्हें डॉ. मदनकान्त का ध्यान आया। डॉ. मदनकान्त फैजाबाद के उसी महाविद्यालय में प्राध्यापक थे। दो साल पहले डॉ. मदनकान्त अपने बेटे को लेकर बनारस में उनके पास आए थे। लगभग रोज ही उनके घर के चक्कर लगाते थे। उन्हें अपने बेटे का प्रवेश बनारस में डॉ. राजीव के ही महाविद्यालय में कराना था। बेटे के अंक कम थे, अतः महाविद्यालय में प्रवेश नहीं हो पा रहा था। राजीव से उन्होंने कहीं से परिचय निकाल लिया था। उसके बाद वे प्रवेश के लिए राजीव के घर के चक्कर लगाने लगे। संकोच में पड़कर डॉ. राजीव को उनकी मदद करनी पड़ी। उन्होंने बहुत जोड़-तोड़ करके किसी तरह से मदनकान्त के बेटे का प्रवेश अपने महाविद्यालय में करा दिया था। मदनकान्त डॉ. राजीव को धन्यवाद देते नहीं थक रहे थे।

डॉ. राजीव ने किसी तरह से डॉ. मदनकान्त का घर पता किया। फिर एक दिन लेकर पहुँच गये भतीजे को उनके पास। मदनकान्त ने बड़ी गर्मजोशी से उनका स्वागत किया परन्तु जब उन्हें पता चला कि राजीव अपने भतीजे के प्रवेश के सम्बन्ध में उनसे मिलने आए हैं, वे कसमसाने लगे, "अरे डॉक्टर साहब! आप तो जानते हैं कि अब प्रवेश कितने नियम और कानून के हिसाब से होने लगे हैं।

बहुत सख्ती हो गई है। अगर एक भी प्रवेश गलत हो जाए तो छात्रों को किसी न किसी स्रोत से पता चल ही जाता है, फिर तो वे पूरा महाविद्यालय सिर पर उठा लेते हैं। छात्रों को सँभालना प्रशासन के लिए समस्या हो जाती है। मेरी पूरी सहानुभूति और शुभकामना बच्चे के साथ है लेकिन मैं मज़बूर हूँ। मैं चाहकर भी आपकी कोई मदद कर पाने की स्थिति में नहीं हूँ।'' डॉ. राजीव को ताव आ गया, ''डॉक्टर साहब मैं भी एक महाविद्यालय में पढ़ाता हूँ। मुझे भी पता है प्रवेश कैसे होता है? हर जगह प्रवेश में सख्ती है। मेरे महाविद्यालय में आपके महाविद्यालय से ज्यादा सख्ती है। फिर भी चार-छह प्रवेश इधर-उधर से हम लोग कर ही लेते हैं। किसी तरह से व्यवस्था करिए। प्लीज।''

मदनकान्त ने साफ इनकार कर दिया, ''मेरे लिए किसी तरह की मदद कर पाना सम्भव नहीं है। मैं तो क्या, प्राचार्य चाह लें तो भी एक गलत प्रवेश नहीं हो सकता।'' डॉ. राजीव भड़क उठे, ''आप अपने बेटे के प्रवेश के लिए जब मेरे पास आए थे तो क्या रिरिया रहे थे। मेरी बार में मुझे उपदेश सुना रहे हैं? अपनी गर्ज और दूसरे की गर्ज में यही अन्तर होता है।'' ''आपने मेरे ऊपर अगर कोई एहसान किया था तो मैंने भी आपका एहसान उतार दिया था। यह आप मत भूलिए।'' मदनकान्त ने जवाब दिया। डॉ. राजीव भड़क गये, ''आपने मेरे साथ कब क्या किया?'' ''बेटे के प्रवेश के बाद मैं आपके घर एक किलो महँगी मिठाई की बर्फी लेकर गया था। भूल गये?'' ''डॉ. मदनकान्त बोले, '' इतनी महँगी मिठाई ज़िन्दगी में आज तक मैंने किसी को नहीं खिलाई है। मैंने दूसरे के साथ क्या किया है, इसे आदमी जीवन भर याद रखता है लेकिन दूसरे ने मेरे साथ क्या किया है, इसे वह याद नहीं रखता। सारी मिठाई पेट में झोंक ली और भूल गये।''

तकदीर

डॉ. कमलाकर महाविद्यालय में प्राध्यापक थे। बहुत सीनियर थे। छुट्टियों के दिन घर पर आराम करना पसंद करते थे। छुट्टियां उन्हें बहुत प्रिय थीं। उनका महाविद्यालय एक केंद्रीय विश्वविद्यालय का संघटक महाविद्यालय था, इसलिए छुट्टियों के सम्बन्ध में महाविद्यालय में काफी सख्ती थी। फर्जी छुट्टी मार पाना सम्भव नहीं होता था।

इस साल सरकार ने आकस्मिक अवकाश की संख्या चौदह से घटाकर आठ कर दी। डॉ. कमलाकर को सरकार पर बड़ा गुस्सा आया। फिर तो छुट्टियों की संख्या एक-एक कर कम होने लगी। डॉ. कमलाकर का बस चलता तो वे सरकार का टेंटुआ दबा देते पर वे मन-मसोसकर रह जा रहे थे। कुछ कर नहीं पा रहे थे।

हद हो गयी। इस साल न तो रक्षा बंधन पर छुट्टी हुई, न जन्माष्टमी पर और न रमजान के आखिरी जुमे के दिन छुट्टी हुई। कमलाकर जी का पारा एकदम सातवें आसमान पर चढ़ा हुआ था। अचानक एक दिन शहर में दंगा हो गया। भयानक साम्प्रदायिक दंगा। सारे स्कूल-कॉलेज अनिश्चित काल के लिए बंद हो गये। विश्वविद्यालय और उसके सारे संघटक महाविद्यालय भी बंद हो गये। कमलाकर जी खुशी से उछल पड़े, "और छुट्टी काट सरकार साले! तेरे कम करने से छुट्टियाँ कम हो जाएँगी? अरे ऊपरवाला जब तक मेहरबान है, हम छुट्टियाँ मानते रहेंगे। जलनेवाले जला करें, तकदीर हमारे साथ है।"

सरकारी सुरक्षा

ज्ञानेन्द्र शहर के एक बड़े व्यापारी थे। काफी पैसे वाले व्यक्ति थे। वे अपनी सुरक्षा को लेकर चिन्तित रहते थे। दरअसल वे अपनी कार से जब भी कहीं जाते थे, उनके पास काफी पैसे रहते थे। इसके अतिरिक्त उन्हें काफी पैसे इधर से उधर पहुँचाने पड़ते थे। जब भी वे पर्याप्त पैसा लेकर चल रहे होते, उन्हें डर लगता रहता था। कोई मार-पीटकर सारे पैसे छीन न ले। पैसे के लिए लोग कुछ भी कर डालते हैं। हो सकता है पैसे छीनने के लिए कोई गोली ही मार दे।

अपनी सुरक्षा के लिए वैसे तो वे एक लाइसेंसी रिवाल्वर हमेशा साथ रखते थे लेकिन इतने से उन्हें सन्तोष नहीं था। उन्होंने सरकार को एक आवेदनपत्र दे रखा था कि अपने दुश्मनों से उन्हें जान का खतरा है, लिहाजा सुरक्षा के लिए दो सरकारी राइफलधारी पुलिस के सिपाही उन्हें दिए जाएँ। वे बहुत दौड़-धूप कर रहे थे। हर सम्भव सिफारिश लगवा रहे थे लेकिन सरकारी सुरक्षा उन्हें नहीं मिल पा रही थी।

इत्तफाक से शहर में उनके एक परिचित पुलिस कप्तान आ गये। वे बड़े प्रसन्न हुए। पहुँच गये कप्तान साहब के पास। उन्होंने उन्हें अपनी पूरी समस्या सुनाई और उनसे प्रार्थना की कि उन्हें सरकारी सुरक्षा प्रदान की जाए। दो-चार फर्जी दुश्मनों का भी किस्सा सुना दिया, यह जताने के लिए कि उनकी जान को कितना खतरा है। कप्तान साहब ने उन्हें आश्वासन दिया कि दो तो नहीं, हाँ एक सरकारी गनर मैं आपको दिलवा दूँगा। ज्ञानेन्द्र तैयार हो गये कि ठीक है, एक ही गनर दिलवा दीजिए।

ज्ञानेन्द्र को सरकारी सुरक्षा मिल गयी। एक राइफलधारी पुलिस का सिपाही चौबीसों घंटे के लिए उनकी सुरक्षा में तैनात हो गया। ज्ञानेन्द्र आश्वस्त हुए कि अब ठीक है। मेरे साथ हमेशा एक राइफ़लधारी जवान रहेगा जो मेरी सुरक्षा करेगा। एक दिन वे उसके साथ बैठकर चाय पी रहे थे। उससे बातचीत भी कर रहे थे। वे बोले, "आप आ गये, बड़ा अच्छा हुआ। अब मुझे यह सन्तोष रहता है कि एक राइफलधारी बहादुर जवान मेरे साथ है, जो दुश्मनों से मेरी रक्षा करेगा।

नहीं तो पहले अकेले कहीं जाने में डर लगता था। वैसे तो मैं अपनी सुरक्षा के लिए हमेशा एक लाइसेंसी रिवाल्वर साथ रखता हूँ लेकिन साथ में किसी बंदूकधारी पुलिसवाले के रहने से बात दूसरी रहती है।'' सिपाही हँसने लगा, ''साहब हम लोग तो केवल हाथी के दाँत होते हैं। हम लोग किसी की क्या रक्षा करेंगे? अभी कुछ लोग आकर आपसे झगड़ा करने लगें और मैं उन पर गोली चला दूँ तो आन्दोलन शुरू हो जाएगा। बहुत सारे लोग ज़िन्दाबाद-मुर्दाबाद करने लगेंगे। नतीजा यह होगा कि मुझे नौकरी से निलंबित कर दिया जाएगा और मेरे खिलाफ़ सरकारी जाँच बैठा दी जाएगी। पूरी सम्भावना यही रहेगी कि अंततः मुझे नौकरी से बर्खास्त कर दिया जाएगा। साहब आप तो बहुत पैसेवाले आदमी हैं। मैं तो थोड़ा-सा वेतन पाने वाला सरकारी नौकर हूँ। इसी थोड़े से वेतन में हम लोग किसी तरह अपने परिवार का भरण-पोषण करते हैं। अगर हमारी नौकरी चली जाएगी तो मैं और मेरा परिवार भूखों मर जाएँगे। हाथ में यह बंदूक तो हम लोग शोभा के लिए लिये रहते हैं। हम लोग भूलकर भी कभी गोली नहीं चलाते। मेरी अपनी जान पर बन आये तो दूसरी बात है।''

परिवर्तन

डॉ. मधुरिमा महाविद्यालय में बीस वर्षों से प्राध्यापक थीं। उन्होंने जब से नौकरी करनी शुरू की, महाविद्यालय में उनके असंख्य प्रशंसक पैदा हो गये। डॉ. मधुरिमा एक तो सुन्दर थीं, दूसरे बहुत ही आधुनिक और बोल्ड महिला थीं। एक से एक आधुनिक परिधान में वे महाविद्यालय आतीं। उनकी ड्रेस देखकर अध्यापक तो अध्यापक, छात्र भी दिल थाम लेते थे। रंग-बिरंगी लिपिस्टिक, रंग-बिरंगे पर्स, रंग-बिरंगे परिधान। अध्यापक और छात्र, सब उनसे नजदीकी बनाने को बेकरार रहते थे। डॉ. मधुरिमा की छात्रों से दोस्ती करने में विशेष रुचि थी। जब घर जाने लगतीं, एक-दो छात्रों को अपनी कार में बैठा ही लेतीं। अध्यापकों को बड़ा बुरा लगता था। जलन के मारे उनका कलेजा फुँक जाता था। अध्यापक मधुरिमा के सामने इस बात का बहुत उपदेश देते कि अध्यापकों को छात्रों से एक दूरी बनाकर रहना चाहिए। इससे अध्यापक की गरिमा बनी रहती है और छात्र भी अध्यापकों की इज़्ज़त करते हैं। मधुरिमा सब समझती थीं। यह दिलजलों की भाषा है। वे ये सब बातें एक कान से सुनकर दूसरे कान से निकाल देती थीं। करती वही थीं जो उन्हें करना होता था।

इधर डॉ. मधुरिमा एकदम से बदल गयी थीं। वे देश के एक प्रसिद्ध बाबा की शिष्या बन गयीं। बहुत ही साधारण कपड़ों में महाविद्यालय आने लगी थीं। सारे बनाव-शृंगार समाप्त। अब वे बात-बात में कहतीं थीं, "इस संसार में रखा क्या है? सब कुछ नश्वर है। सिर्फ एक ईश्वर ही सत्य है। हम अपने ऊपर कितना भी घमंड कर लें, कितना ही इतरा लें, एक दिन हम सबको इस संसार से चले जाना है। यह शरीर एक दिन पाँच मन लकड़ी में फूँक दिया जाएगा। किसी का आगे, किसी का पीछे। यही इस संसार का सत्य है। इस संसार से कोई कुछ लेकर नहीं जाएगा न कोई कुछ लेकर आया है न कोई कुछ लेकर जाएगा। हमारा किया हुआ अच्छा कर्म ही हमारे साथ रहेगा....।" वे अपने गुरु जी की बहुत तारीफ़ करतीं और लोगों को अपने गुरु जी का शिष्य बनने के लिए प्रोत्साहित करतीं।

एक दिन महाविद्यालय के ही प्राध्यापक डॉ. प्रांजल ने डॉ. धनंजय से कहा, "यार ये माजरा कुछ समझ में नहीं आ रहा है। डॉ. मधुरिमा में एकाएक इतना परिवर्तन कैसे आ गया? एकदम उत्तर की तरफ से एकदम दक्षिण की तरफ?" डॉ. धनंजय मुस्कराते हुए बोले, "मैं सौ प्रतिशत दावे के साथ यह शर्त लगा सकता हूँ कि डॉ. मधुरिमा की रजोनिवृत्ति हो गयी।" "बीच में यह शब्द कहीं से आ गया?" प्रांजल ने पूछा। डॉ. धनंजय बोले, "जो औरतें जवानी में बहुत छैल-छबीली होती हैं और खूब उड़ती-जमती हैं, वे रजोनिवृत्ति होते ही एकदम से बदल जाती हैं। फिर तो वे अध्यात्म और दर्शन पर ही बात करती नज़र आती हैं। वे हमारी धार्मिक परम्पराएँ, भारतीय संस्कृति का महत्त्व, पतिव्रता औरत के धर्म आदि विषयों पर विभिन्न मंचों से ऐसा व्याख्यान देने लगती हैं कि बड़े से बड़े परम्परावादी हैरान रह जाएँ।" प्रांजल उन्हें हैरत से देखते रह गये।

छोटी और बड़ी जगह का साहित्यकार

वेद प्रकाश और विनीत, दोनों मित्र भी थे, साहित्यकार भी। पढ़ाई-लिखाई दोनों ने साथ-साथ की थी। नौकरी लगने पर दोनों बिछुड़ गये। वेद प्रकाश की नौकरी इलाहाबाद में लगी जबकि विनीत की नौकरी गाजीपुर में। नौकरी करते हुए दोनों ने अपनी साहित्य सेवा जारी रखी।

धीरे-धीरे साहित्य में वेद प्रकाश का सितारा बुलन्द होने लगा। साहित्य में वे एक जाने-पहचाने नाम बन गये। साहित्यकार बिरादरी में उन्हें पर्याप्त इज़्ज़त मिलने लगी। वेद प्रकाश की सफलता देख-देखकर विनीत के मन में जलन और कुंठा दोनों पैदा होने लगी। दोनों यारों के सम्बन्धों में बहुत बेतकल्लुफी थी। विनीत अक्सर फोन करके वेद प्रकाश को गाली देने लगे, "अब साले तू क्या सोचता है, तू मुझसे ज्यादा अच्छा लिखता है? अरे, मैं गाजीपुर जैसी छोटी जगह में रह रहा हूँ। इसलिए मुझे ज्यादा भाव मिल रहा है। तू इलाहाबाद जैसी बड़ी जगह में रह रहा है। इलाहाबाद साहित्य का एक बड़ा केन्द्र भी है। इसलिए तू बड़ा साहित्यकार बन गया है लेकिन इससे यह गलतफहमी मत पाल लेना कि तू बड़ा साहित्यकार है और मैं छोटा साहित्यकार हूँ।" वेद प्रकाश उन्हें हँसकर जवाब देते, "साहित्य में किसी की योग्यता नापने का पैमाना स्थान नहीं होता। छोटी जगह का लेखक छोटा लेखक और बड़ी जगह का लेखक बड़ा लेखक, यह कोई नियम नहीं है। यह तेरा वहम और तेरे मन की कुंठा है। मैं तुझसे अच्छा लिख रहा हूँ, इसलिए तुझसे ज्यादा सम्मान मुझे मिल रहा है। तू जलना छोड़ दे।"

दोनों के बीच प्रेम और जलन का सम्बन्ध कुछ यूँ ही चल रहा था। संयोग! विनीत ने दूसरी नौकरी कर ली। वह भी दिल्ली में। अब विनीत दिल्ली में रहने लगे।

दिल्ली में भी विनीत ने अपनी साहित्य सेवा जारी रखी। कुछ साहित्यिक जान-पहचान बढ़ाना भी शुरू कर दिया। विनीत की किताबें दिल्ली के नामी प्रकाशकों के यहाँ से छपने लगीं। विनीत का साहित्यिक कद धीरे-धीरे काफी बढ़ गया।

एक दिन विनीत के पास इलाहाबाद के वेद प्रकाश का फोन आया, ''क्यों बे साले! दिल्ली में जाकर तू बड़ा भारी साहित्यकार बन गया है? मुझे पता नहीं है क्या तू कितना बड़ा साहित्यकार है? अब मैं छोटा साहित्यकार हो गया और तू मेरा बाप बन गया?'' विनीत फोन पर ही मुस्कराए, ''मेरी सफलता देखकर जल मत! छोटी जगह और बड़ी जगह से कुछ नहीं होता। मैं हमेशा से तुझसे बड़ा साहित्यकार था।'' ''दिल्ली नहीं पहुँचा था तो तू कितना बड़ा साहित्यकार था, सबको मालूम है। मैं इलाहाबाद जैसी छोटी जगह में हूँ और तू दिल्ली जैसी बड़ी जगह में है तो इसलिए तू मुझसे बड़ा साहित्यकार हो गया है। कान खोलकर सुन ले। मैं तुझसे बड़ा साहित्यकार था और हमेशा रहूँगा।'' कहकर वेदप्रकाश ने फोन काट दिया।

जरा सा वो

विमला का पति धोंधे और कमली का पति बाउल, दोनों अपने-अपने खेतों में काम करने के लिए जा चुके थे। विमला और कमली का घर गाँव में अगल-बगल ही था। पतियों के चले जाने के बाद दोनों घर से थोड़ी दूरी पर स्थित सार्वजनिक चापाकल पर नहाने चल दीं। लोटा, बाल्टी, कपड़े और साबुन लेकर दोनों लगभग साथ-साथ ही पहुँचीं।

सामान जमीन पर रखकर दोनों बैठ गयीं। नहाने के पहले दोनों अपना-अपना सुख-दुःख एक-दूसरे को सुनाने लगीं। बातें आगे बढ़ने लगीं। नहाने के बजाय दोनों पंचायत करने में मशगूल हो गयीं। अचानक विमला बोली, ''कमली रात में तेरे घर से काफी जोर-जोर की आवाज़ें आ रही थीं। तेरा पति शराब पीकर तुझको मार रहा था क्या?'' कमली को बात बुरी लग गयी, ''तूने मुझे अपनी तरह समझ रखा है क्या? मेरा पति अगर मुझ पर हाथ उठाए तो मैं उसका हाथ तोड़ दूँ।'' ''ज़बान सँभाल कमली। मेरा पति मुझ पर कब हाथ उठाता है?'' विमला गुर्रायी। कमली और जोर से बोली, ''जो न जानता हो, उसके सामने नाटक कर! तेरे घर का सब हाल मुझे पता है।'' बात बढ़ गयी। दोनों में जोर-जोर से झगड़ा होने लगा। धीरे-धीरे पूरा मुहल्ला इकट्ठा हो गया। दोनों ने एक-दूसरे का झोंटा पकड़ लिया और लगीं एक से एक गालियाँ देने। मुहल्ले की औरतों ने किसी तरह दोनों को अलग किया। दोनों बिना नहाए रोते हुए अपने-अपने घर की ओर चल दीं।

शाम को दोनों के पति खेत में काम करके अपने-अपने घर लौटे। अपने-अपने पतियों को देखकर दोनों ने छाती पीट-पीटकर रोना शुरू कर दिया। धोंधे ने विमला को चुप कराना शुरू किया, ''क्या हो गया? क्यों इस तरह रो रही है?'' विमला बताने लगी, ''मैं चापाकल पर नहाने गयी थी। वहाँ कमली मिल गयी। मैंने उससे जरा सा कहा वो और वह मुझे गालियाँ देकर मारने लगी। उसने मुझे बहुत गालियाँ दीं। बहुत मारा। मैं बिना नहाये चली आयी।'' उसने कमली की बातों को खूब

नमक-मिर्च लगाकर बताना शुरू किया। अपने द्वारा कही कोई बात नहीं बताई। धोंधे एकदम से तैश में आ गया।

उधर बाउल भी कमली को चुप कराने लगा, "क्यों रो रही है? क्या हुआ?" कमली रोते हुए अपना दुखड़ा सुनाने लगी, "अरे बस जरा सा चापाकल पर नहाने गयी थी। विमला भी वहाँ नहाने आयी थी। मैंने जरा सा बस कहा वो। वह मुझे गालियाँ देने और मारने लगी।" उसके बाद वह विमला की बातों को नमक-मिर्च लगाकर बताने लगी। अपने द्वारा कही गयी बात उसने भी नहीं बतायी। बाउल भी तैश में आकर बाहर निकल आया।

धोंधे और बाउल एक-दूसरे को गालियाँ देने लगे। कुछ देर में लाठियाँ निकल आईं। दोनों तरफ से लाठियाँ चटकने लगीं। धोंधे और बाउल दोनों घायल हो गये। किसी ने पुलिस को फोन कर दिया।

पुलिस आ गयी। एक जीप में भरकर दोनों को थाने उठा ले गयी। विमला और कमली एक-दूसरे को पकड़कर रोने लगीं, "ये क्या हो गया बहन। दोनों को पुलिस पकड़ ले गयी। अब उन्हें कौन छुड़ाएगा?"

मेरी कसम पी लो

गाँव के एक मानिन्द व्यक्ति थे, भूखन। भूखन के तीन बेटे थे। शंभू, गामा और नन्हें। शंभू और गामा समझदार और जिम्मेदार थे। इसीलिए भूखन ने दोनों की शादी कर दी थी। दोनों के दो-दो बेटे भी हो गये। शंभू के बेटों की उम्र तो चौदह और बारह साल की हो गयी थी। सारी खेती-बाड़ी और घर का कामकाज शंभू और गामा ही सँभालते थे। पूरा परिवार एक ही घर में रहता था।

नन्हें की हालत बिगड़ैल घोड़े जैसी थी। हमेशा दुलत्ती झाड़ता रहता था। वह अपनी मर्जी का मालिक था। जो जी में आये, वही करता था। पूरा घर उससे त्रस्त रहता था। घर के हर काम में अंतिम निर्णय वही लेता था। जबर्दस्ती भूखन या कोई उसके निर्णय के खिलाफ़ जाने की कोशिश करता तो वह घर का सामान तोड़ने-फोड़ने लगता था। हारकर भूखन हथियार डाल देते और अपने दोनों बड़े बेटों को समझाने लगते, "तुम दोनों समझदार हो। जाने दो उसको। वह तो सनकी है ही। वह वही करेगा जो उसके दिमाग में सवार हो जाए। वही करो जो वह कह रहा है, नहीं तो समस्या खड़ी हो जाएगी।"

सबसे बड़ी समस्या उनकी दोनों बहुओं की थी। दोनों बहुओं के रहने की आचार-संहिता नन्हें ही तैयार करता था। दोनों भाभियों को घर के बाहर नहीं निकलना है। बहुत जरूरी काम से यदि घर के बाहर निकलना पड़े तो कम से कम एक हाथ लम्बा घूँघट निकाल लें। भाभियाँ, दालान में न जाएँ। वहाँ गाँव के लोग आकर बैठे रहते हैं। सोने के पहले भाभियाँ माँ के पैर दबाएँ, तब सोने जाएँ। खाने में कब क्या बनेगा, यह नन्हें ही तय करता था। वह बीच-बीच में दोनों भाइयों को लताड़ता भी रहता था, "औरतों को डाँट-डपटकर रखना चाहिए। तभी वे कायदे से रहती हैं। तुम लोग तो एकदम मेहरा हो। बीवियों को कुछ नहीं कहते।"

जैसे बच्चों को कहानियाँ सुनाई जाती हैं कि राक्षस की जान तोते में बसती थी, उसी तरह भूखन की बीवी की जान नन्हें में बसती थी। नन्हें के हर सही-गलती

काम के साथ वे डटकर खड़ी रहती थीं। वह जहाँ लोटा उठाकर जमीन पर पटकता, वे भूखन के ऊपर चिल्ला पड़तीं, "ठीक तो कह रहा है नन्हें! आप लोगों को उसकी हर बात गलत लगती है। आप लोग उसकी सही बात भी नहीं मानेंगे तो वह बर्तन नहीं तोड़ेगा तो और क्या करेगा?" भूखन के पैसों में हेरफेर करके वे जितना चोरौधा पैसा रखतीं, चुपके-चुपके नन्हें को देती रहतीं।

भूखन भयवश नन्हें की शादी नहीं कर रहे थे। उन्हें लग रहा था कि यह अपनी पत्नी को ठीक से नहीं रखेगा। सता-सताकर उसे मार डालेगा। नन्हें की माँ को भूखन के ऊपर गुस्सा आ रहा था। बाकी दोनों बेटों की शादियाँ तो कब की कर दीं, नन्हें की शादी की इन्हें परवाह ही नहीं है। उन्होंने नन्हें की शादी करने के लिए आसमान सिर पर उठा लिया। हारकर भूखन को नन्हें की शादी करनी पड़ी।

उस दिन नन्हें की सुहागरात थी। भूखन को पूरा डर था कि नन्हें पहली ही रात में अपनी बीवी को पीटेगा। उन्होंने शंभू के दोनों बेटों को अकेले में बुलाकर समझाया, "तुम लोग दरवाजे से कान लगाकर बैठे रहना। अगर नन्हें अपनी पत्नी को मारे तो तुरन्त आकर मुझे बताना।"

शंभू की पत्नी ने दो गिलास दूध ले जाकर अन्दर रख दिया और दरवाजा बाहर से बंद कर दिया।

नन्हें ने अपनी पत्नी से कहा, "एक गिलास दूध पी लो।"

"मैं नहीं पिऊँगी।" उसने मना कर दिया।

"मेरी कसम! पी लो!" नन्हें मनुहार करता हुआ बोला।

"मुझे दूध नहीं पसंद है। मैं दूध नहीं पीती।" उसने फिर मना किया।

"मेरी कसम! पी लो!" नन्हें फिर उसी तरह बोला।

"क्या मेरी कसम-मेरी कसम लगा रखी है? मैंने कह दिया न कि मुझे दूध नहीं पसंद है।" पत्नी ने बड़ी तेज नन्हें को डाँटा। नन्हें दूध का गिलास हाथ में लेकर उसके सामने खड़ा हो गया, "मेरी कसम! पी लो।"

सुबह शंभू के दोनों बेटे बाहर नन्हें का इन्तज़ार कर रहे थे। नन्हें जैसे ही बाहर निकला, बड़ा बेटा बोला, "चाचा! मेरी कसम पी लो!" नन्हें की समझ में कुछ नहीं आया। तब तक दूसरा बोला, "चाचा! मेरी कसम पी लो!" नन्हें की समझ में सारा माजरा आ गया। वह शर्मिन्दा हो गया। तब तक भूखन भी वहाँ आ गये। उन्होंने नन्हें से कहा, "क्यों बे! मेरी कसम पी लो क्या होता है?"

कुर्सी के बोल

पद्मेश्वर नाथ विश्वविद्यालय के कुलपति बनकर आए। सेवानिवृत्त होने के पहले वे इसी विश्वविद्यालय में राजनीतिशास्त्र के प्रोफेसर थे। विश्वविद्यालय के अध्यापकों ने उनका जोरदार स्वागत किया। अपने ही विश्वविद्यालय का कोई व्यक्ति बहुत दिनों बाद कुलपति हुआ था। अन्यथा प्रायः कोई बाहर का व्यक्ति आकर विश्वविद्यालय का कुलपति बन जाता था।

उनके कुलपति बनने से एक व्यक्ति को बेहद प्रसन्नता हुई। वह व्यक्ति था सूर्यकान्त! सूर्यकान्त अब विश्वविद्यालय का छात्र नहीं रह गया था लेकिन रह उसी शहर में रहा था। इस समय वह प्रतियोगी परीक्षाओं की तैयारी कर रहा था, प्रतियोगी परीक्षाएँ दे भी रहा था। उसने इसी विश्वविद्यालय से पीएच.डी. की उपाधि प्राप्त की थी और उसने पद्मेश्वर नाथ के निर्देशन में शोधकार्य किया था। वह पद्मेश्वर नाथ का प्रथम शोधछात्र था।

सूर्यकान्त विश्वविद्यालय में घूम-घूमकर सबसे बताता फिरने लगा कि वह कुलपति का पहला शोधछात्र है। धीरे-धीरे उसे विश्वविद्यालय में पर्याप्त सम्मान मिलने लगा। इसी उत्साह में एक दिन वह कुलपति कार्यालय पहुँच गया, कुलपति से मिलने। अन्दर कुलपति चार-पाँच प्रोफेसरों के साथ गपशप कर रहे थे। बाहर पहुँचकर सूर्यकान्त ने चपरासी से कहा, ''जाकर साहब को बता दो कि आपके पहले शोधछात्र डॉ. सूर्यकान्त आपसे मिलना चाहते हैं।''

चपरासी अन्दर गया। उसने कुलपति को सूर्यकान्त की बात बता दी। कुलपति के प्रोफेसरों की ओर देखकर बुरा-सा मुँह बनाया, ''विश्वविद्यालय के एक प्राध्यापक के साथ न जाने कितने छात्र शोधकार्य करते हैं। किसी को यह याद रहता है क्या कि उसका पहला या दूसरा या तीसरा या दसवाँ या ग्यारहवाँ शोध छात्र कौन था? जाकर उससे कह दो कि साहब मीटिंग में व्यस्त हैं। फिर कभी आना।'' सभी प्रोफेसर हँसने लगे। चपरासी बाहर गया और सूर्यकान्त को डाँटते हुए बोला, ''साहब इस समय मीटिंग में व्यस्त हैं। बाद में कभी आना।'' सूर्यकान्त को चेहरा उतर गया।

सूर्यकान्त अपनी पूरी ताकत के साथ प्रतियोगी परीक्षाएँ देता रहा। किस्मत रंग लाई। सूर्यकान्त आई.ए.एस. बन गया।

पद्मेश्वर नाथ कुलपति के पद से सेवानिवृत्त हो गये। उन्होंने उसी शहर में घर बनवा लिया और वहीं पर रहने लगे।

कुछ सालों बाद सूर्यकान्त उसी जिले का जिलाधिकारी बनकर आया। पद्मेश्वर नाथ को जब यह बात पता चली तो उनकी प्रसन्नता की सीमा न रही। अब वे एक रिटायर आदमी थे। प्रायः घर पर फालतू बैठे रहते। कोई बात करने वाला भी नहीं मिलता था। वे घूम-घूमकर लोगों को बताने लगे कि जिलाधिकारी सूर्यकान्त मेरा पहला शोधछात्र रहा है। उसने मेरे निर्देशन में पी एच.डी. की है। धीरे-धीरे उनकी काफी पूछ बढ़ गयी।

एक दिन पद्मेश्वर नाथ ने सोचा कि घर पर फालतू बैठा हूँ। चलकर जिलाधिकारी से मिल आता हूँ और वे जिलाधिकारी से मिलने चल दिए। उस समय जिलाधिकारी अपने घर में बैठे कुछ अधिकारियों से बात कर रहे थे। पद्मेश्वर नाथ ने बाहर बैठे चपरासी से कहा, ''जाकर साहब से कह दो आपके गुरु प्रो. पद्मेश्वर नाथ आए हुए हैं। उसने मेरे निर्देशन में पी एच.डी. की है। वह मेरा पहला शोधछात्र है।'' चपरासी अन्दर गया और उसने सारी बात जिलाधिकारी को बता दी। जिलाधिकारी ने चपरासी को डाँटते हुए कहा, ''प्राइमरी स्कूल से लेकर विश्वविद्यालय तक जाने कितने अध्यापकों ने मुझे पढ़ाया है। मैं बैठकर अध्यापकों का स्वागत ही करता रहूँगा तो काम कब करूँगा? तुम्हें खुद समझना चाहिए। ऐसे लोगों को टरका दिया करो।''

चपरासी बाहर आया। उसने बड़े रूखे स्वर में पद्मेश्वर नाथ से कहा, ''इस समय साहब मीटिंग में व्यस्त हैं। बाद में कभी आइएगा।''

काम का बँटवारा

दोनों बहुएँ अपने-अपने तरीके से सास को खुश करने की कोशिश में लगी रहती थीं। बड़ी बहू सुबह ही उठकर घर में झाड़ू-पोंछा लगाती, फिर बर्तन साफ करती, नाश्ता बनाकर सास-ससुर को देती, कपड़े साफ करती, फिर खाना बनाने में जुट जाती थी। जैसा कि होता है, बहुएँ ससुर को खुश रखने का कोई खास प्रयास नहीं करती थीं। ससुर जी बहुओं से वैसे ही खुश रहते थे। कम्पटीशन सास को ही खुश रखने के लिए रहता था।

दूसरी बहू की घर के काम-धाम में कोई दिलचस्पी नहीं थी। वह हमेशा सास के साथ उनकी लल्लो-चप्पो और चापलूसी करती हुई लगी रहती थी। बीच-बीच में सास के कान में फुसफुसाकर वह बड़ी बहू की चार बुराई भी कर देती थी। एक ढंग से सास की सेवा का दोनों बहुओं में यहीं बँटवारा था। बड़ी बहू के जिम्मे सास की शारीरिक सेवा थी। छोटी बहू के जिम्मे उनकी मानसिक सेवा थी। मानसिक सेवा अर्थात् सास के साथ गपशप करना यानी उनका मनोरंजन।

बड़ी बहू हमेशा छोटी बहू और सास की गपशप सुनती रहती और मन ही मन कुढ़ती रहती। उसे लगता कि घर की नौकरानी की तरह मैं जुती हुई हूँ और सास की खास यह बनी हुई है। जरा भी शर्म-लिहाज नहीं है इसको। मुस्टंडी दोनों वक्त गले तक ठूँसकर बैठ जाती है। जरा भी नहीं सोचती कि खाना बनवाने में थोड़ी सी मदद कर दूँ। मैं इसके आदमी का भी खाना बनाऊँ। छोटी बहू और सास ठहाके लगाकर हा-हा करती रहतीं और बड़ी बहू के कलेजे पर साँप लोटता रहता।

बड़ी बहू धीरे-धीरे सास से भी खुन्दक खाने लगी। अब वह सास को मन ही मन गाली देने लगी, ‘बुढ़िया की आँख पर पट्टी बँधी हुई है। सुबह से रात तक मैं घर के कामों में जुती रहती हूँ लेकिन इसके मन में मेरे प्रति जरा भी सहानुभूति नहीं है। कितनी बेमुरव्वत है। इस घर के लिए मैं अपनी खाल भी उतार कर रख दूँ तो बुढ़िया की सेहत पर कोई असर नहीं पड़ेगा। इसकी रानी बहू तो छोटी है।

मेरी टाँग भी टूट जाए तो बुढ़िया साँस नहीं लेगी। दूसरी तरफ छोटी को छींक भी आए तो फोन पर सारे रिश्तेदारों को बता देगी तो आज मेरी छोटी बहू को छींक आ गयी थी।

एक दिन सास छोटी बहू के साथ गप्पें लड़ा रही थी। बड़ी बहू सास के लिए चाय बनाकर ले गयी। सास ने उसे रोक लिया, ''क्यों रे! आजकल देखती हूँ हमेशा तेरा थोबड़ा लटका रहता है। तेरे मन में घमंड समा गया है क्या कि शेषनाग की तरह पूरी धरती तूने ही उठा रखी है? तू क्या सोचती है? घर के कुछ काम कर देती है तो तू बहुत महान् हो गयी? तुझे क्या लगता है कि घर के सारे काम तू ही करती है और छोटी बहू कुछ नहीं करती है? तू चाहती है कि मैं खाना खाकर घर के एक कोने में पड़ी रहूँ? अरे छोटी बहू बेचारी हमेशा मेरा मन बहलाती है। कभी मुझे अकेलापन महसूस नहीं होने देती है। घर में हमेशा खुशी और चहल-पहल का माहौल बनाए रखती है। यह कोई काम नहीं है क्या? अपना थोबड़ा ठीक रखाकर, नहीं तो किसी दिन मैं तेरा थोबड़ा तोड़ दूँगी।''

मुफ्त की यात्रा

सुधाकर शहर के सिविल लाइन्स इलाके में खड़ा था। उसे अपने गाँव सोराँव पहुँचना था, जो वहाँ से पच्चीस किलोमीटर दूर था। जेब में एक पैसा नहीं था। उसकी समझ में नहीं आ रहा था, क्या करे!

राम-राम करता हुआ वह सोराँव जाने वाले एक विक्रम में बैठ गया। विक्रम एक किलोमीटर चला होगा कि वह चिल्लाने लगा, ''अरे रोको-रोको, अनर्थ हो गया।'' विक्रम रुक गया। बाकी सवारियाँ उत्सुकता से पूछने लगीं, ''क्या हुआ....क्या हो गया?'' ''मेरा बैग सिविल लाइन्स में एक दुकान पर छूट गया।'' ''जल्दी उतरो, जल्दी उतरो, जाओ देखो तुम्हारा बैग वहाँ पर सही-सलामत है भी या नहीं।'' एक बुजुर्ग व्यक्ति ने कहा। वह विक्रम से उतर गया। विक्रम चला गया। वह मुस्कराया। उसने एक किलामीटर का सफर बिना पैसा दिए तय कर लिया।

वह एक दूसरे विक्रम में बैठ गया। विक्रम और एक किलामीटर दूर तेज बहादुर सप्रू अस्पताल तक पहुँच गया। वह जोर-जोर से चिल्लाने लगा, ''अरे बाप रे मर गया, मर गया।'' ''क्या हुआ?'' लोगों ने पूछा। ''पेट में बहुत दर्द हो रहा है।'' वह बोला। ''तुरन्त उतरो, तुरन्त उतरो...जाकर तुरन्त अस्पताल में दिखाओ।'' लोग चिल्लाने लगे। वह उतरा और दौड़ता हुआ अस्पताल के गेट के अन्दर घुस गया। विक्रम चला गया। वह फिर बाहर आ गया।

वह एक तीसरे विक्रम में बैठा। वहाँ से पाँच किलोमीटर दूर तेलियरगंज के ऑटो स्टैंड पर रुका विक्रम। ड्राइवर विक्रम से उतरकर सोराँव-सोराँव चिल्लाता हुआ इधर-उधर टहलने लगा। सुधाकर सीधे से विक्रम से उतरा और जाकर बगल की गली में छुप गया। विक्रम का ड्राइवर वापस आया। विक्रम स्टार्ट किया। उसे तुरन्त समझ में आ गया कि एक सवारी गायब है। उसने उतरकर इधर-उधर देखा। सुधार कर कहीं नहीं दिखा। उसने सुधाकर को गाली देते हुए विक्रम स्टार्ट कर दिया।

सुधाकर बाहर निकल आया। वह चौथे विक्रम में बैठ गया। विक्रम वहाँ से सात किलोमीटर दूर फाफामऊ तक आया। उसने ऐसा अभिनय किया जैसे वह चलते

विक्रम से गिर गया हो। वह अपना पैर पकड़कर रोने का अभिनय करने लगा। विक्रम रुक गया। आसपास भीड़ इकट्ठा होने लगी। लोग सुधाकर को पकड़कर उससे सहानुभूति दिखाने लगे। विक्रमवाले ने सोचा कि कहीं वह पिट न जाए। बाकी सवारियों को लेकर भाग खड़ा हुआ।

कुछ देर बाद कराहता हुआ सुधाकर पाँचवें विक्रम में बैठ गया। विक्रम चलता जा रहा था। वह चुपचाप बैठा हुआ था। विक्रम सोराँव पहुँच गया। सारी सवारियाँ उतरने लगीं। सुधाकर भी उतर गया। ड्राइवर सबसे पैसा लेने और उनका हिसाब-किताब बराबर करने में व्यस्त हो गया। सबका हिसाब बराबर हो गया। ड्राइवर सुधाकर के पास आया। सुधाकर बदहवास सा कभी इस जेब में तो कभी उस जेब में हाथ डालने लगा। रुआँसी सूरत बनाकर बोला, ''भाई! मेरी तो किसी ने जेब काट दी।'' ड्राइवर गुर्राया, ''ऐसी नाटकबाजी मैंने बहुत देखी है। चुपचाप पैसा दे दो, नहीं तो मुझसे बुरा कोई नहीं होगा।'' भाई मेरी जब कट गयी और तुम नाटकबाजी कह रहे हो? एक भी पैसा मेरी जेब में नहीं बचा तो मैं तुम्हें कहाँ से दूँ पैसे?'' ड्राइवर भड़क गया, ''जब जेब में पैसे न रहा करे तो पैदल आया करो, विक्रम में मत बैठा करो, अब अगर फिर किसी दिन मेरे विक्रम में बैठे तो टाँगें तोड़ दूँगा, भाग यहाँ से...।'' सुधाकर मुफ्त में सोराँव गाँव पहुँच गया।

जीवन का सच

नीरज और सुशील प्राइमरी स्कूल से साथ-साथ पढ़ रहे थे। दोनों बी.एससी. तक साथ-साथ पढ़े। नीरज ने बी.एससी. करने के बाद पढ़ाई छोड़ दी। उसके बाद वह कमाने-खाने के लिए हाथ-पैर मारने लगा। उसने ठेकेदारी में हाथ डाला। धीरे-धीरे काम चल निकला। काम को और फैलाने के लिए उसे एक-दो लोगों को रास्ते से हटाना पड़ा। फिर क्या था। वह बहुत बड़ा ठेकेदार बन गया। अब तो जो भी उसके रास्ते में आता, उसे वह इस दुनिया से विदा कर देता था। वह बहुत बड़ा आदमी बन गया।

नीरज राजनीति में कूद पड़ा। अब उसके पास इतना पैसा था कि बड़े-बड़े उसके सामने झुकते थे। उसे एक प्रतिष्ठित और बड़ी पार्टी से विधायक का चुनाव लड़ने के लिए टिकट मिल गया। अपनी गुंडई के बल पर उसने चुनाव जीत लिया और मंत्री भी बन गया।

उधर सुशील ने गणित से एम.एससी. की और फिर पी एच.डी. भी कर डाली। उसके बाद वह नौकरी खोजने लगा। कई साल तक दौड़-भाग करने और चारों तरफ हाथ-पैर मारने के बावजूद अंत में उसे निराशा ही हाथ लगी। वह अपने लिए एक अदद नौकरी की व्यवस्था नहीं कर पाया। उसकी गणित बहुत अच्छी थी। उसने सोचा कि क्यों न एक कोचिंग सेंटर खोल लूँ और बच्चों को गणित पढ़ाऊँ और उसने ऐसा ही किया। उसने अपने घर में ही एक कोचिंग सेंटर खोल दिया और गणित पढ़ाने लगा। धीरे-धीरे ढंग से खाने-पीने और रहने की व्यवस्था हो गयी। उतने में वह अपने परिवार का भी ठीक-ठाक भरण-पोषण कर ले रहा था।

सुशील और नीरज एक ही शहर में रहते थे। सुशील अखबारों में नीरज के बारे में पढ़ता रहता था और सोचता कि कहाँ इतना बड़ा आदमी नीरज और कहाँ फटीचर मैं। मुझ जैसे को उसके गार्ड घर में घुसने नहीं देंगे। घर में अगर घुस भी गया तो नीरज मुझे पहचानेगा नहीं। तुलसीदास जी ने लिखा है, 'नहिं कोउ अस

जनमा जग माहीं, प्रभुता पाइ जाहि मद नाहीं।' रावण जैसा प्रकांड विद्वान प्रभुता पाकर मदांध हो गया और सारी दुनिया को तहस-नहस करने लगा तो साधारण लोगों की क्या बिसात?

धीरे-धीरे दोनों अस्सी साल के हो गये। एक दिन सुशील छड़ी लेकर घूमने निकला था। अचानक सामने से नीरज की कारों का काफिला आता दिखा। सुशील सहमकर एक किनारे खड़ा हो गया। कारों का काफिला अचानक रुका। एक कार में से नीरज उतरा और आकर सुशील के सीने से लिपट गया। उसने जबर्दस्ती सुशील को अपनी कार में बैठाया और लेकर अपने घर आ गया।

नीरज ने कहा, ''ऐसा है सुशील! समय बड़ा बलवान होता है। समय किसी का सगा नहीं होता है। बड़ों-बड़ों की आँख की पट्टी समय खोल देता है।'' सुशील सकुचाते हुए बोला, ''समय को क्यों कोस रहे हो? समय को तो मुझे कोसना चाहिए। हम दोनों साथ-साथ पढ़ते थे। मैं तुमसे पढ़ने में बहुत अच्छा था फिर भी मैंने एक घिसटती हुई ज़िन्दगी जी और तुमने एक शानदार और सफल ज़िन्दगी जी।'' नीरज ठहाका लगाकर हँस पड़ा, ''इसका निर्णय तो ऊपरवाला ही कर सकता है कि किसने सफल ज़िन्दगी जी और किसने घिसटती हुई ज़िन्दगी जी। सफल जिन्दगी तो तुमने जी है। सारा जीवन अपने मेहनत की कमाई खाई है। किसी की चोरी-बेईमानी नहीं की, किसी को सताया नहीं। मैंने जीवन में कितनों की हत्याएँ कीं और करवाई हैं। कितनों को बर्बाद किया है। घिसटती हुई ज़िन्दगी तो मैंने जी है। अब, जब मौत सामने दिख रही है तो जीवन का सच समझ में रहा है।''

'भौकाल' टाइट है

श्यामलाल प्रदेश के मुख्यमंत्री बन गये। छात्र जीवन में भवदेव उनके साथ पढ़े थे। भवदेव पढ़ने में बहुत अच्छे थे जबकि श्यामलाल बहुत गोबर। जैसा कि होता है, पढ़ने में अच्छे लड़के कभी मुख्यमंत्री या मंत्री नहीं बनते। इन सब पदों पर कक्षा का गदहवा की पहुँचता है।

भवदेव को श्यामलाल के मुख्यमंत्री बनने से खुशी तो हुई परन्तु वे उनसे मिलने नहीं गये। उन्हें लगा कि श्यामलाल इतने बड़े पद पर पहुँच गया है। जाने पर पता नहीं पहचानेगा या नहीं? मिलना पसंद भी करेगा या नहीं?

कुछ दिनों बाद श्यामलाल भवदेव के शहर में किसी कार्यक्रम में भाग लेने आए। कार्यक्रम में भाग लेने के बाद मुख्यमंत्री ने अपना काफिला भवदेव के घर की तरफ मुड़वा दिया। उन्हें भवदेव का घर पता था। छात्र जीवन में वे कई बार भवदेव के घर जा चुके थे। श्यामलाल को अपने घर पर देखकर भवदेव भौंचक्के रह गये। उन्हें सपने में यह उम्मीद नहीं थी कि मुख्यमंत्री कभी उनके घर पर आ जाएँगे। वे मुख्यमंत्री की आवभगत में जुट गये। यह एक तथ्य होता है कि यदि कक्षा का गदहवा बहुत ऊँचाई पर पहुँच जाता है तो वह कक्षा के बहुत तेज लड़के से मिलने जरूर जाता है, यह बताने कि देख तू कहाँ है और मैं कहाँ हूँ!

अगले दिन सारे अखबारों में छपा कि मुख्यमंत्री भवदेव से मिलने उनके घर गये। भवदेव की हवा बन गयी। बड़े-बड़े लोग आकर उनके घर हाजिरी लगाने लगे। जिला प्रशासन उनके प्रति विशेष मेहरबान हो गया। उनके घर के सामने की सड़क चमाचम हो गयी। अधिकारी उनका हालचाल लेने लगे।

बहुत सारे लोग अपना काम लेकर भवदेव के पास आने लगे। एक-दो लोगों का काम लेकर भवदेव मुख्यमंत्री से मिलने गये। मुख्यमंत्री के यहाँ उन्हें कोई भाव नहीं मिला। भवदेव को अपनी औकात समझ में आ गयी लेकिन जो एक 'भौकाल' बन गया था, उसे भी बनाए रखना ज़रूरी था। वे लोगों को झूठे आश्वासन देने लगे और मुख्यमंत्री से मुलाकात के झूठे किस्से सुनाने लगे।

भवदेव किसी का एक भी काम नहीं करवा पा रहे थे। धीरे-धीरे उनका 'भौकाल' ढीला होने लगा। अचानक उनके बड़े बेटे का प्रमोशन हो गया। प्रमोशन अपने आप हुआ। भवदेव ने लोगों को खूब मिठाई बँटवाई और बताया कि मुख्यमंत्री जी ने मेरे बेटे का प्रमोशन कर दिया है। भवदेव का 'भौकाल' फिर टाइट हो गया। फिर लोग उनके यहाँ जुटने लगे। मुख्यमंत्री के नाम तरह-तरह के प्रार्थनापत्र फिर उन्हें सौंपे जाने लगे।

ढाक के तीन पात! भवदेव को पता था कि इन प्रार्थना-पत्रों को ले जाकर मुख्यमंत्री के यहाँ देने से क्या होगा! वे उन प्रार्थना-पत्रों को फाड़कर जला देते थे। लोग फिर धीरे-धीरे निराश होने लगे। लोगों के मन के किसी कोने में यह विश्वास जमने लगा कि भवदेव झूठ-मूठ का 'भौकाल' बना रहे हैं। हकीकत में मुख्यमंत्री के पास उनकी दाल कुछ खास नहीं गल पा रही है।

भवदेव के दो बेटे थे। दूसरा बेटा बेरोजगार था और प्रतियोगी परीक्षाएँ देने में जुटा हुआ था। उसकी मेहनत रंग लाई। वह पी.सी.एस. में चुन लिया गया और एस.डी.एम. बन गया। भवदेव ने अफवाह उड़ा दी कि उनका बेटा तो दरअसल पी.सी.एस. में पास भी नहीं हुआ था उसे तो मुख्यमंत्री जी ने जोड़-तोड़ करके एस. डी.एम. बनवा दिया। फिर क्या था? भवदेव का 'भौकाल' फिर से टाइट हो गया।

सरऊ बड़े आदमी

साहित्यिक संगोष्ठी अपने पूरे शबाब पर थी। साहित्यकारों का भाषण चल रहा था। अचानक कोट-पैंट पहने और टाई लगाए एक बुजुर्ग सज्जन हॉल में घुसे एवं एक तरफ बैठ गये। मैं भी बैठा भाषण सुन रहा था। उन्हें देखकर मैं चौंक गया। मैंने बगल में बैठे अपने मित्र से कहा, ''उन सज्जन को देखो। वे शायद सरऊ बड़े आदमी ही हैं न?'' मेरे मित्र ने उन्हें गौर से देखा और मेरी बात का समर्थन किया, ''हाँ वे सरऊ बड़े आदमी ही हैं।''

वैसे तो उनका नाम बुद्धीश प्रसाद था लेकिन हम लोगों ने उनका नाम, सरऊ बड़े आदमी रख दिया था। बुद्धीश प्रसाद शहर के दो-तीन सबसे बड़े धन पशुओं में से एक थे। वे सिर्फ धनपशुओं से ही सम्बन्ध रखते थे और मित्रों को बड़ी-बड़ी पार्टियाँ देने के लिए काफी मशहूर थे। उनके लिए किसी भी व्यक्ति के बड़े होने का मापदंड सिर्फ पैसा था। जिसके पास जितना ज्यादा पैसा, उनके हिसाब से वह उतना बड़ा आदमी। साधारण लोगों से न तो वे कोई सम्बन्ध रखते थे और न उन्हें कोई महत्त्व देते थे।

विद्वानों, साहित्यकारों इत्यादि को वे बड़ी हेय दृष्टि से देखते थे। चूँकि विद्वान और साहित्यकार वगैरह न तो दिन-रात हाय पैसा, हाय पैसा करते हैं और न ही आर्थिक रूप से वे बहुत समृद्ध होते हैं, इसलिए बुद्धीश प्रसाद उन्हें कीड़े-मकोड़े से ज्यादा महत्त्व नहीं देते थे। कितना भी विद्वान व्यक्ति उनसे मिलने पहुँच जाए, अगर वह बहुत धनवान नहीं होता था तो प्रायः वे उसे डाँटकर भगा देते थे। वे इतने निःसंकोच भाव से लोगों को डाँटकर भगा देते थे कि कोई भी स्वाभिमानी और आत्मसम्मान वाला व्यक्ति उनके पास नहीं जाता था।

एक बार मुझे अपने एक साहित्यकार अग्रज के साथ उनके यहाँ जाना पड़ गया। मेरे साहित्यकार अग्रज को बड़ा कार्यक्रम करवाना था। वे बुद्धीश प्रसाद के होटल में कार्यक्रम करवाना चाह रहे थे। हम लोग बुद्धीश प्रसाद के पास इस

उम्मीद में गये थे कि होटल की व्यवस्था कुछ सस्ते में हो जाए। बुद्धीश प्रसाद के घर जाकर हम लोग उनसे मिले। पहले तो उनका मूड इसलिए ऑफ हो गया कि हम जैसे कँगले उनसे मिलने पहुँच गये थे और जब हम लोगों ने अपने आने का उद्देश्य उन्हें बताया तो उन्होंने हम लोगों को डाँटकर अपने घर से भगा दिया। तभी से हम लोगों ने उनका नाम 'सरऊ बड़े आदमी' रख दिया। सरऊ बड़े आदमी का प्रसंग शहर के अधिकांश साहित्यकारों को मालूम था।

साहित्यिक संगोष्ठी समाप्त हो जाने पर मैंने अपने मित्र से कहा, ''आज तो सूरज पश्चिम से निकल आया। ये सरऊ बड़े आदमी साहित्यिक संगोष्ठी में कहाँ से आ गया?'' मेरे मित्र हँसने लगे, ''सरऊ बड़े आदमी अपने से नहीं आया है। इसे समय ले आया है। इसके बेटों ने इससे सारा व्यवसाय छीन लिया। इसको और इसकी बीवी को एक अलग घर लेकर उसी में रख दिया है। इन दोनों की देखभाल के लिए उन लोगों ने एक नौकर रख दिया है। इसके बेटे इन दोनों को कोई भाव नहीं देते इसलिए अब यह साहित्यिक गोष्ठियों में जाने लगा है। सुना है, अब यह कविता के नाम पर कुछ तुकबंदी भी करने लगा है।''

आज शनिवार है

सुरेन्द्र एम.ए. में पढ़ता था। वह पढ़ने में काफी अच्छा था लेकिन स्वभाव से बहुत संकोची था। उसके दोस्तों की संख्या काफी सीमित थी। कारण था कि वह जल्दी किसी से खुलता नहीं था।

उसकी कक्षा में काफी लड़कियाँ थीं साथ पढ़ने वालीं लेकिन दोस्ती तो दूर, वह किसी लड़की से बात तक नहीं करता था। लड़कियों से बात करने में उसे बहुत शर्म लगती थी। उसकी कक्षा में एक लड़की थी आकांक्षा। आकांक्षा उसे बहुत अच्छी लगती थी। आकांक्षा से बात करने का उसका बड़ा मन करता था लेकिन वह हिम्मत नहीं जुटा पाता था। कोई लड़की किसी लड़के से जबर्दस्ती बात करने की कोशिश करे तो लड़का ज्यादा से ज्यादा उसे उपेक्षित कर सकता है लेकिन अगर कोई लड़का किसी लड़की से जबर्दस्ती बात करने की कोशिश करे तो लड़की चप्पल उतारकर उसे पीट भी सकती है। सुरेन्द्र को यही डर लगता था।

आकांक्षा सुरेन्द्र के मन की बात समझती थी। कक्षा में जब अध्यापक पढ़ाते रहते थे तो वह देखती कि सुरेन्द्र अध्यापक की आँख बचा-बचाकर उसे देख रहा है। उसे पता था कि सुरेन्द्र बहुत संकोची है। सुरेन्द्र आँख बचा-बचाकर उसे देखता रहता तो उसे उस पर बहुत हँसी आती थी।

पता नहीं क्या बात थी कि शनिवार का दिन सुरेन्द्र को सूट नहीं करता था। शनिवार के दिन उसके कई काम बिगड़ चुके थे। ऐसी स्थिति आ गयी थी कि वह शनिवार से भयभीत रहने लगा था। वैसे भी वह हनुमान जी का भक्त था। सो वह शनिवार का दिन हनुमान की पूजा-पाठ में ही व्यतीत करता। हनुमान चालीसा पढ़ता, मन्दिर में जाकर हनुमान जी का दर्शन करता और पूरा दिन बड़ा सावधान रहता। शनिवार को वह कोई भी नया काम शुरू नहीं करता था।

इत्तफाक से उस दिन शनिवार ही था। वह बाजार में कुछ सामान खरीदने गया था। उसे वहाँ आकांक्षा मिल गयी। उसने आकांक्षा को देखकर नज़रें नीची कर लीं।

आकांक्षा दौड़कर उसके पास आ गयी, ''और सुरेन्द्र! कहो कैसे हो? कॉलेज में तुम मुझसे बात क्यों नहीं करते? मैं तो हमेशा तुमसे बातें करने के चक्कर में रहती हूँ लेकिन तुम हो कि कतराकर निकल जाते हो।'' सुरेन्द्र भौंचक्का होकर उसे देखने लगा। ''इस तरह क्या देख रहे हो?'' आकांक्षा मनुहार करने के अन्दाज़ में बोली।

''आज शनिवार है।''

''शनिवार है तो क्या हो गया।''

''आज शनिवार न होता तो मैं तुमसे एक बात कहता।''

''आज शनिवार न होता तो तुम क्या कहते?''

''आज शनिवार न होता तो मैं तुमसे कहता कि मैं तुम्हें प्यार करता हूँ।''

आकांक्षा हँसते-हँसते लोटपोट हो गयी, ''कोई बात नहीं! यह बात तुम मुझसे सोमवार को कॉलेज में कह देना। वैसे आज शनिवार न होता तो मैं भी तुमसे एक बात कहती।''

''क्या?''

''यही कि मैं भी तुम्हें प्यार करती हूँ। कोई बात नहीं। मैं भी सोमवार को ही कह दूँगी।''

खुश मेहरा

मनोरमा को अपने बेटों, विपुल और नकुल पर बड़ा नाज़ था। दोनों बेटे पढ़ने में बहुत बहुत अच्छे थे, साथ ही साथ संस्कारी भी थे। दोनों अपनी माँ के बहुत भक्त थे। मनोरमा जब भी अपनी सहेलियों के बीच बैठतीं, अपने बेटों का बखान करतीं। उनकी बातचीत का एक ही विषय होता था, अपने बेटों का बखान। उनकी सारी सहेलियों को पता था कि मनोरमा के दोनों बेटे बहुत अच्छे और अपनी माँ के भक्त हैं लेकिन मनोरमा के मुँह से हमेशा बेटों का गुणगान सुन-सुनकर सबके कान पक गये थे।

विपुल ने इंजीनियरिंग की पढ़ाई पूरी कर ली। उसे एक बहुत अच्छी नौकरी मिल गयी। मनोरमा की खुशी दोगुनी हो गयी। विपुल अभी शादी नहीं करना चाहता था लेकिन मनोरमा उसकी शादी के लिए अड़ गयी। बहुत सारे रिश्ते आ रहे थे। उन्होंने काफी ठोंक-बजाकर एक रिश्ता मंज़ूर कर लिया। बहुत धूमधाम से शादी हुई। सास बनकर मनोरमा के पैर जमीन पर ही नहीं पड़ रहे थे।

मनोरमा इस बात को लेकर पूरी तरह आश्वस्त थीं कि विपुल चाहे जहाँ नौकरी करेगा, अपनी पत्नी को माँ के पास ही रखेगा, माँ की सेवा करने के लिए। वैसे विपुल का स्थानान्तरण इसी शहर में हो सकता था। मनोरमा को विश्वास था कि विपुल अपना स्थानान्तरण इसी शहर में करवा लेगा और अपने शहर में ही नौकरी करेगा।

मनोरमा जो देख रही थीं, उससे उन्हें बड़ा आघात लग रहा था। विपुल हमेशा अपनी पत्नी के आगे-पीछे घूमता रहता और पत्नी की हर आज्ञा का पालन करता। अब वह उनसे कटने लगा था। एक दिन विपुल ने उनसे कहा, "माँ, मैं अपनी पत्नी को अपने साथ ले जाना चाह रहा हूँ। नहीं तो जहाँ मैं नौकरी कर रहा हूँ, वहाँ मेरा खाना कौन बनाएगा?" मनोरमा तो जैसे आसमान से गिरीं। वे विपुल को देखती रह गयीं। खैर! कलेजे पर पत्थर रखकर उन्होंने विपुल को पत्नी को अपनी साथ लिवा जाने की आज्ञा दे दी।

एक दिन मनोरमा अपनी सहेली रंजना से बात कर रही थीं। मनोरमा बोलीं, "बहन विपुल तो एकदम मेहरा निकल गया। मुझे उससे ऐसी उम्मीद नहीं थी।" रंजना ने पूछा, "मेहरा क्या होता है?" "मेहरा मेरे गाँव का शब्द है। मेहरा का मतलब होता है ऐसा लड़का, जो हमेशा लड़कियों के ही आगे-पीछे डोलता हो और शादी के बाद एकदम से जोरू का गुलाम बन जाए।" मनोरमा ने समझाया। रंजना ने सान्त्वना दी, "कोई बात नहीं! आपका नकुल बहुत अच्छा लड़का है। वह मेहरा नहीं है।"

अब मनोरमा ने अपनी उम्मीदें नकुल पर केन्द्रित कर दीं। वे नकुल का विशेष ध्यान रखने लगीं। नकुल ने पी.सी.एस. की परीक्षा उत्तीर्ण कर ली और वह उप पुलिस अधीक्षक हो गया। मनोरमा बहुत प्रसन्न हुईं। उन्होंने खुशी-खुशी नकुल की शादी कर दी।

नकुल ने आज्ञा माँगने के बजाय अपनी माँ को सीधे फरमान सुना दिया, "ऐसा है माँ, अकेले मुझे दिक्कत होगी। इसलिए अपनी पत्नी को मैं अपने साथ ही ले जाऊँगा।" नकुल अपनी पत्नी को लिवाकर चला गया। मनोरमा रोते हुए अपने पति के साथ घर बैठी रहीं।

एक दिन उनकी मुलाकात फिर अपनी सहेली रंजना से हो गयी, जो अक्सर हो जाया करती थी। वे अपनी दुखड़ा रोने लगीं, "अरे बहन विपुल तो मेहरा ही निकला था। नकुल तो खुश-मेहरा निकला। रंजना उनका मुँह ताकने लगीं, यह खुश-मेहरा क्या होता है?" मनोरमा समझाने लगीं, "यह भी मेरे गाँव का शब्द है। जो मेहरा से भी दस हाथ आगे हो और सौ गुना मेहरा हो, उसे खुश-मेहरा कहते हैं।"

लोक-परलोक

चारों की उम्र सत्तर से पचहत्तर के बीच थी। चारों कम्पनी बाग में आयोजित श्रीमद्भागवत की कथा सुनने आये थे। चार घंटे तक श्रीमद्भागवत की कथा चली। चारों चार घंटे तक चुपचाप बैठकर कथा सुनते रहे। काफी भीड़ थी कथा सुननेवालों की।

कथा समाप्त होने पर चारों कम्पनी बाग के बाहर निकल आए। नम्बर एक ने कहा, ''चार घंटे कथा सुनकर दिमाग एकदम बोझिल हो गया। चलो कुछ हल्का-फुल्का मनोरंजन करके दिमाग को शान्ति प्रदान करें।'' नम्बर दो ने कहा, ''यही बात मैं भी सोच रहा था।'' नम्बर तीन ने सुझाव दिया, ''चलो सिविल लाइन्स में कहीं बैठकर लड़की ताका जाए।'' नम्बर चार का पारा चढ़ गया, ''राम,राम! इतनी देर भगवान की कथा सुनने के बाद अब यही कर्म करने को बचा है?''

नम्बर एक ने कहा, ''इसमें हर्ज ही क्या है? भगवान की कथा में आखिर इतनी देर तक क्या सुना? भगवान कृष्ण भी तो यही करते थे।'' नम्बर दो ने समर्थन किया, ''भगवान कृष्ण के बारे में बस पढ़ा-सुना है। पता नहीं भगवान कृष्ण थे भी या नहीं। इसी तरह मरने के बाद क्या होता है, इसके बारे में बस पढ़ा-सुना है। वास्तविकता में मरने के बाद कुछ होता है या नहीं, कुछ पता नहीं। हम जो करने चल रहे हैं, उसका आनन्द तो प्रत्यक्ष का विषय है। इसलिए हम जो करने चल हरे हैं। वह सही है।'' तीसरे को बल मिला, ''अरे चार घंटे तक भगवान की कथा सुनकर हमने परलोक सुधारने का काम किया। अब थोड़ा-सा इस लोक की भी खबर ले ली जाए।'' नम्बर चार लाचार हो गया, ''जब सब लोग यही करने के लिए तैयार हैं तो मैं अकेला कर भी क्या सकता हूँ। चलो मैं भी चल रहा हूँ तुम लोगों के साथ।'' चारों एक साथ पैदल ही चल दिए।

जनमे पूत बंस में काही

माधवी चुपचाप अपने बेटे और बहू का चेहरा देख रही थीं। बहू काफी देर से उनके बेटे को जोर-जोर से डाँट रही थी। माधवी को आश्चर्य यह हो रहा था कि एक तो गलती भी बहू की ही थी, ऊपर से वह उनके बेटे को डाँटे भी जा रही थी। कुछ देर तक तो वे चुप रहीं। आखिर उनका धैर्य जवाब दे गया, ''बस करो बहू! इतनी देर से देख रहीं हूँ कि तुम मेरे बेटे को डाँटे चली जा रही हो। कुछ शर्म-हया नाम की चीज तुम्हारे अन्दर है या नहीं? एक तो गलती तुम्हारी, दूसरे डाँट भी रही हो। इसका भी कोई लिहाज नहीं है कि सामने मैं बैठी हुई हूँ।'' ''तुम चुप रहो माँ।'' बेटा माधवी के ऊपर ही भड़क गया, ''वह जो भी कह रही है, मुझे कह रही है। तुम्हें तो उसने एक शब्द भी कुछ नहीं कहा! फिर तुम्हें क्यों मिर्ची लग रही है? बिना मतलब बहू से झगड़ा करोगी और बाद में कहोगी कि बहू ही बुरी है।'' माधवी एकदम सन्न रह गयीं। वह चुपचाप बेटे का चेहरा देखने लगीं।

मार खाने की कीमत

विश्वनाथ डॉक्टर साहब का पैर पकड़ रहे थे, उनके सामने हाथ जोड़ रहे थे कि साहब पाँच हजार ले लीजिए। मेरे पास इतना ही है लेकिन डॉक्टर साहब नहीं पसीज रहे थे। वे दस हजार रुपये से एक पैसे कम लेने के लिए राजी नहीं थे।

विश्वनाथ के छोटे भाई अमरनाथ को उसके एक पड़ोसी ने लाठी से बुरी तरह मारा था। एक लाठी सिर पर लगी थी। सिर एकदम से भूसा हो गया था। इस समय अमरनाथ शहर के सरकारी अस्पताल में भर्ती था। सी.टी. स्कैन से पता चला कि सिर में खून का थक्का जमा हो गया है। खून का थक्का साफ करने के लिए सिर का ऑपरेशन करना पड़ा था। अंततः अमरनाथ की जान बच गयी। अब वह खतरे से बाहर था लेकिन अभी वह अस्पताल में ही भर्ती था।

विश्वनाथ को पहले तो थाने में एफ.आई.आर. दर्ज कराने में बहुत पापड़ बेलने पड़े थे। थाने में बड़ी चिरौरी करनी पड़ी। कुछ प्रभावशाली लोगों से सिफारिश करवानी पड़ी। अंततः पाँच हजार रुपये लेकर थानेदार ने रिपोर्ट लिखी थी। विश्वनाथ ने सोचा कि दुश्मनों के खिलाफ एफ.आई.आर. हो गयी, यानी काम पूरा हो गया लेकिन ऐसा नहीं था। अब सरकारी अस्पताल के डॉक्टर दस हजार रुपये माँग रहे थे। उनका कहना था कि जो-जो चोटें और घाव हैं, उनके बारे में सही-सही लिखने के लिए दस हजार रुपये लगेंगे, नहीं तो हम लोग लिख देंगे कि मामूली चोट और घाव है। विश्वनाथ के पास केवल पाँच हजार थे लेकिन डॉक्टर उसे लेने के लिए तैयार नहीं थे।

विश्वनाथ अपने वकील साहब से मिले। वकील साहब को अपनी समस्या बताने लगे। वकील साहब चिन्तित हो गये, ''पैसे की व्यवस्था तो करनी पड़ेगी विश्वनाथ! पैसे के बिना तो एक इंच मामला नहीं बढ़ पायेगा। कचहरी में कदम-कदम पर पैसे देने पड़ेंगे, नहीं तो मामला टाँय-टाँय फिस्स हो जाएगा।''

''मैं समझ रहा हूँ वकील साहब। मैं पैसे की व्यवस्था करने का प्रयास कर रहा हूँ। आप पूरी ताकत से मुकदमा लड़िए।'' विश्वनाथ बोले। ''विश्वनाथ जी आप

नहीं समझ रहे हैं! केवल मेरे पैसों की बात नहीं है। अभी मजिस्ट्रेट साहब को पैसा देना पड़ेगा। तभी जो भी धाराएँ इस मामले मे लगनी चाहिए, वे लगाएँगे। अन्यथा वे मामूली धाराएँ लगा देंगे और पूरे मामले का सत्यानाश हो जाएगा।'' ''क्या?'' विश्वनाथ चौंक गये, ''क्या जज साहब लोग भी पैसा लेते हैं? यह तो घोर कलियुग आ गया।'' ''आप और क्या समझते हैं?'' वकील साहब बोले, ''जज साहब लोग भी तो इसी समाज के आदमी हैं। जब सारा समाज सड़ गया है तो उसे सँभालने के लिए भगवान ऊपर से आदमी तो टपकाएँगे नहीं।'' ''हे भगवान!'' विश्वनाथ ने अपना सिर पकड़ लिया। ''इस संसार में मार खाने के लिए भी इतना पैसा खर्च करना पड़ता है? मारने वाले को मार खानेवाले से कुछ महीने पहले ही बता देना चाहिए कि कुछ महीने बाद मैं तुम्हें मारने वाला हूँ। पैसे वगैरह की व्यवस्था ठीक से कर लो। इससे मार खाने में कुछ सहूलियत हो जाया करेगी।''

दिल की लगी

महाविद्यालय के हिन्दी के अध्यापक गोविन्द प्रसाद अपनी बी.ए. की छात्रा श्रद्धा से परेशान थे। जब वे कथा में पढ़ाते रहते, वह उन्हें एकटक देखती रहती। स्टाफरूम में भी वह अक्सर कुछ न कुछ पूछने के बहाने उनके पास पहुँच जाती। उन्हें अगर वह अकेले मिल जाती तो कोई न कोई प्यार का फिल्मी गाना गाने लगती। गोविन्द प्रसाद अच्छी तरह समझ रहे थे कि श्रद्धा उनके प्रति प्यार का प्रदर्शन कर रही है लेकिन वे ऐसा नाटक करते जैसे वे कुछ नहीं समझ रहे हैं।

एक दिन श्रद्धा ने अपने बनाए हुए नोट्स उन्हें जाँचने के लिए दिए। घर ले जाकर जब उन्होंने उसके नोट्स को देखना शुरू किया तो वे घबरा गये। उसमें जगह-जगह प्यार-मोहब्बत से सम्बन्धित शेरो-शायरी लिखी हुई थी। गोविन्द प्रसाद घबरा गये कि नोट्स कहीं पत्नी के हाथ न लग जाए। उन्होंने उन्हें छुपाकर रख दिया। अगले दिन वे उसे महाविद्यालय वापस ले गये और श्रद्धा को लौटा दिया। श्रद्धा से उन्होंने कहा कुछ नहीं।

एक दिन गोविन्द प्रसाद स्टाफरूम में अकेले बैठे एक किताब पढ़ रहे थे तभी वहाँ पर श्रद्धा आ गयी। एक कागज़ उनको देते हुए बोली, "सर यह आपका कागज़ है। इसे अपने पास रख लीजिए।" उन्हें जल्दी से कागज़ पकड़ाकर वह चली गयी। गोविन्द प्रसाद वह कागज़ खोलकर पढ़ने लगे। उनके नाम वह श्रद्धा का प्रेमपत्र था। उसने अपने दिल का हाल बड़े दर्दनाक तरीके से लिखा था। गोविन्द प्रसाद वह प्रेमपत्र पढ़कर घबरा गये। उन्हें लगा कि वे महाविद्यालय में किसी दिन पिट जाएँगे। वे कमरे से बाहर निकले। उन्हें श्रद्धा दिख गयी। उन्होंने उसे अपने पास बुलाया। वे उसे समझाने लगे, "बेटी मैं तुम्हारे बाप की उम्र का हूँ। मैं पैंतालीस साल का हूँ। तुम मुश्किल से अठारह-उन्नीस साल की होगी। तुम्हें समझना चाहिए। प्रेम-मोहब्बत करने के लिए तुम महाविद्यालय नहीं आयी हो। तुम अपना भविष्य सँवारने का प्रयास करो। मेहनत से पढ़ाई-लिखाई करो। तुम प्रेम-मोहब्बत के लफड़े

में न पड़ो। वह भी बाप की उम्र के आदमी के साथ।'' श्रद्धा बोली, ''सर, बेटी-बेटी कहकर आप मेरा मन मत खराब करिए। आप मुझे टरकाने की कोशिश कर रहे हैं। कौन-सा फिल्मी हीरो पैंतालीस साल से कम का है? फिर भी पन्द्रह-सोलह साल की उम्र की कितनी सारी लड़कियाँ उनके पीछे पगलाई रहती हैं। मेरी उम्र तो फिर भी उन्नीस साल है। मैं अगर एक पैंतालीस साल के व्यक्ति से प्यार कर बैठी हूँ तो कौन-सा गुनाह कर दिया है?''

नाम तेरा लेख मेरा

डॉ. श्यामप्रकाश लखनऊ में रहते थे। वे एक महाविद्यालय में हिन्दी प्राध्यापक थे। श्यामप्रकाश की लेखन में भी दिलचस्पी थी। हिन्दी आलोचना में वे हाथ आजमा रहे थे। उनके मन में एक हौंस थी कि उनके लिखे हुए लेख अखबारों के संपादकीय पृष्ठों पर छपें। उन्होंने इस दिशा में प्रयास भी किया। कई लेख लिखकर विभिन्न अखबारों में भेजे। सफलता नहीं मिली। उनका लिखा हुआ एक लेख भी कहीं नहीं छपा।

उनके एक मित्र प्रदेश सरकार में कैबिनेट मंत्री थे। थोड़ा कम पढ़े-लिखे थे। नाम था मंगतराम। मंगतराम की प्रदेश सरकार में बहुत हनक थी। मंगतराम और श्यामप्रकाश एक ही गाँव के रहने वाले थे। पहले श्यामप्रकाश और मंगतराम में बहुत पटती थी लेकिन मंत्री बन जाने के बाद मंगतराम ने श्यामप्रकाश को भाव देना बंद कर दिया था।

किसी कम पढ़े-लिखे के पास जब पद, पैसा और प्रतिष्ठा, तीनों आ जाते हैं तो उनके मन में एक साध जगती है। वह समाज में अपने को पढ़ा-लिखा कहलाना चाहता है। एक दिन मंगतराम पहुँच गये श्यामप्रकाश के घर। श्यामप्रकाश को बड़ा अचम्भा हुआ। वे सोचने लगे, 'मंत्री बनने के बाद तो यह मुझे पहचानता ही नहीं था कहाँ से आज घर टपक पड़ा? आदमी बहुत खुर्राट है। आया अपने किसी मतलब से ही होगा।' मंगतराम बड़ी गर्मजोशी से उनसे मिले। उन्हें गले लगा लिया। श्याम प्रकाश सशंकित भाव से उनके स्वागत-सत्कार में जुट गये। मामा मारीच के घर में रावण यूँ ही नहीं पहुँच जाता।

स्वागत-सत्कार के बाद मंगतराम अपने मतलब की बात पर आ गये, "भाई श्यामप्रकाश जी आप बहुत अच्छा लिखते हैं। आज की युवा पीढ़ी पर मेरे नाम से एक लेख लिख दीजिए। अखबार में संपादकीय पृष्ठ पर छपने के लिए देना है। एक अखबार के संपादक से मेरी बात हो गई है।" श्यामप्रकाश तैयार हो गये।

श्यामप्रकाश का लिखा हुआ लेख अखबार के संपादकीय पृष्ठ पर छपा। मंगतराम के नाम से, साथ में मंगतराम का चित्र और परिचय भी था। लेख बड़े सम्मान के साथ छपा था।

अब तो यह एक नियम हो गया। लेख लिखते श्यामप्रकाश और वह छपता मंगतराम के नाम से। मंगतराम के चित्र और परिचय के साथ। मंगतराम बहुत दबंग मंत्री थे। श्यामप्रकाश मन मसोसकर उनके लिए लेख लिखे जा रहे थे। मंगतराम इस बात को लेकर सतर्क थे कि श्यामप्रकाश एक साधारण और अनाम व्यक्ति ही बने रहें। वे अपनी विद्वत्ता का रहस्य गोपनीय ही रखना चाह रहे थे।

एक दिन श्यामप्रकाश को ताव आ गया। उन्होंने एक लेख अपने नाम से लिखा और लेकर पहुँच गये अखबार के दफ्तर। उन्होंने लेख अखबार के संपादक को दिया और उनसे प्रार्थना की कि कृपा करके इसे संपादकीय पृष्ठ पर छाप दीजिए। संपादक ने उस लेख को सरसरी तौर पर पढ़ा। मुँह टेढ़ा करके बोले, ''यह लेख संपादकीय पृष्ठ पर छपने लायक नहीं है।'' श्याम प्रकाश हाथ जोड़कर तैश में बोले, 'बंधुवर! मेरे ही लिखे हुए लेख जब मंगतराम के नाम से सारे अखबारों के संपादकीय पृष्ठ पर छपने लायक हैं तो वे मेरे अपने नाम से छपने लायक क्यों नहीं हैं?''

वही जो कहा था

चक्रधर नौकरी से रिटायर हो चुके थे। नौकरी उन्होंने भारतीय रेलवे में की थी। नौकरी के दौरान उन्होंने खूब पैसे कमाए थे। वे दोनों हाथ से लूटने में विश्वास करते थे। बिना किसी शर्म-संकोच के वे रेल की पटरियाँ भी किलो के भाव में बेच लेने में विश्वास करते थे।

उनके दो बेटे थे, सोनू और चंचल। सोनू बड़ा था और चंचल छोटा। दोनों पढ़ने में नाकारा साबित हुए। चक्रधर के कमाये हुए पैसे काम आये। उन्होंने रिश्वत देकर दोनों को सरकारी विभागों में बाबू बनवा दिया। दोनों को अपने शहर में ही नौकरी मिल गयी थी, अतः दोनों के परिवार चक्रधर के साथ ही रहते थे।

चक्रधर की पत्नी मीता, पति के रिटायर होने के बाद भी, रानी की तरह रह रही थीं। उनके दोनों बेटों और दोनों बहुओं को अच्छी तरह पता था कि उनके पास बहुत पैसा है। उनसे ज्यादा से ज्यादा पैसे ऐंठने के लिए सब हमेशा उनकी सेवा में लगे रहते थे। मीता बहुत घाघ महिला थीं। वे बेटों और बहुओं को अच्छी तरह समझती थीं। अपनी स्थिति का भरपूर फायदा उठाते हुए वे सबको नचाती रहती थीं। चक्रधर को भी वे अपने हिसाब से ही चलाती थीं। चक्रधर की मजाल नहीं थी कि वे अपनी पत्नी की इच्छा के खिलाफ कुछ कर सकें।

मीता के दिल में अपने छोटे बेटे चंचल के लिए एक नरम कोना था। वे चंचल को सोनू से ज्यादा मानती थीं लेकिन इतनी होशियारी बरतती थीं कि सोनू इस बात को भाँप नहीं पाता था। वे सोनू और उसकी पत्नी से छुपा-छुपाकर चंचल के लिए कुछ न कुछ अतिरिक्त करती रहती थीं। वे ऊपर से प्रदर्शित नहीं करती थीं लेकिन चंचल के भविष्य को लेकर वे कुछ अतिरिक्त ही चिन्तित रहती थीं।

एक दिन चक्रधर ने मीता से चर्चा की कि वे अगले दिन कई काम से बैंक जाएँगे। मीता ने उन्हें अपनी अलमारी से निकालकर एक लाख रुपये दिए और कहा, "इसे छुपाकर कहीं रख दीजिए। इसे चंचल के खाते में जमा कर दीजिएगा।

कुछ दिन में इसे पाँच साल के लिए फिक्स कर दीजिएगा। जरा सावधानी से काम करिएगा। सोनू और उसकी बीवी को हवा न लगने पाए।'' चक्रधर ने पैसे को छुपाकर रख दिया।

अगले दिन जब चक्रधर बैंक जाने लगे तो मीता बोली, 'याद रखिएगा।' चक्रधर के दिमाग में कई काम नाच रहे थे। उन्हें कुछ समझ में नहीं आया। उन्होंने पूछा, ''क्या?'' वहीं पर सोनू की पत्नी खड़ी थी। मीता खुलकर कुछ नहीं बता सकती थीं, ''अरे वही जो कहा था!''

''क्या?''

''वही जो कहा था।''

''क्या कहा था? मैं कुछ समझ नहीं पा रहा हूँ।''

''वही जो कहा था।''

''क्या? अच्छा-अच्छा...चंचल के नाम छुपाकर जो एक लाख रुपये जमा करने हैं? तुम चिन्ता न करो, मैं कर दूँगा।'' कहते हुए चक्रधर चले गये

मीता असहाय भाव से सोनू की पत्नी की तरफ देखने लगीं।

साहित्य और समाज

दो साहित्यकारों के बीच गर्मागर्म बहस हो रही थी। मुद्दा था 'साहित्य समाज का दर्पण होता है।' पहले साहित्यकार का मानना था कि साहित्य ही समाज का वास्तविक दर्पण है। दूसरा साहित्यकार इससे सहमत नहीं था। पहले ने कहा, ''किस समय के समाज में क्या होता था, इसको जानने के लिए उस काल का साहित्य पढ़ो। उस समय के साहित्य से उस समय की सारी परिस्थितियों, सारी बातों का पता चल जाएगा।'' दूसरे ने कहा, ''संसार के हर समाज में गालियाँ जरूर दी जाती हैं। बिना गालियों के कोई समाज सम्भव ही नहीं है। किसी भी समय का साहित्य उठाकर देख लो। उस समय दी जाने वाली गालियों का पता ही नहीं चलता। साहित्य पढ़कर बता सकते हो कि वैदिक काल में कौन-कौन सी गालियाँ दी जाती थीं? इसी तरह क्या तुम बता सकते हो रामायण काल में कौन-कौन सी गालियाँ दी जाती थीं? महाभारत काल में कौन-कौन-सी गालियाँ दी जाती थीं? मौर्यकाल में कौन-कौन सी गालियाँ दी जाती थीं? मुगलकाल में कौन-कौन सी गालियाँ दी जाती थीं? अंग्रेजी के शासनकाल में कौन-कौन सी गालियाँ दी जाती थीं? पढ़ डालो उस समय लिखा गया सारा साहित्य। 'विभिन्न काल-खंडों में दी जाने वाली गालियों का अध्ययन' विषय पर शोध करो। एक अध्याय भी नहीं लिख पाओगे।''

देश का कानून

रतन प्रकाश एक आई.पी.एस. अधिकारी थे। वे मूल रूप से इलाहाबाद के रहने वाले थे, अतः अपने बेटे को भी इलाहाबाद में ही पढ़ाना चाहते थे। उन्हें अपने बेटे के प्रवेश के लिए महर्षि पतंजति विद्या मंदिर उपयुक्त लगा। वे उसका नाम वहाँ पर लिखाने के लिए प्रयास करने लगे। पहले उन्होंने बेटे के प्रवेश की जिम्मेदारी अपने एक मित्र को सौंप दी। उनके मित्र प्रवेश नहीं करा पाये। हारकर अपने मित्र के साथ वे खुद भी दौड़ने लगे।

विद्यालय की प्रधानाचार्या बहुत ही ज्यादा सख्त थीं। रतन प्रकाश का बेटा प्रवेश परीक्षा में उत्तीर्ण नहीं हो पाया था। प्रधानाचार्या ने विद्यालय में उसका नाम लिखने से मनाक़र दिया। रतन प्रकाश ने बहुत दबाव डलवाया। फिर भी प्रधानाचार्या नहीं झुकीं। विद्यालय के प्रबन्धतंत्र को प्रशासन से धमकियाँ मिलने लगीं। प्रबन्धतंत्र घबरा गया। वह भी प्रधानाचार्या पर प्रवेश कर लेने के लिए दबाव डालने लगा। प्रधानाचार्या टस से मस नहीं हुईं। उन्होंने प्रबन्धतंत्र से स्पष्ट कर दिया कि वे नौकरी से इस्तीफा दे देंगी, लेकिन प्रवेश नहीं करेंगी। प्रबन्धतंत्र ने हारकर सारी बात रतन प्रकाश को बता दी।

रत्नप्रकाश क्रुद्ध हो उठे। उन्होंने अपने मित्र से कहा, ''इस विद्यालय में मेरे बेटे का प्रवेश नहीं हो पाया। कोई बात नहीं। मैं उसका प्रवेश किसी दूसरे विद्यालय में करवा दूँगा। यह प्रधानाचार्या बहुत कानूनची बन रही है! आप दखिएगा। मैं इसको जेल की हवा खिला दूँगा।'' उनके मित्र अचकचा गये, ''इनको किस अपराध में जेल भेजेंगे? इतनी सख्त और ईमानदार महिला है।'' रत्नप्रकाश बोले, ''ये नियम पर चल रही हैं न? मैं भी नियम पर ही चलूँगा। हमारे देश में इतने ज्यादा कानून हैं कि देश में ऐसा एक भी व्यक्ति नहीं है जो देश के डेढ़-दौ सौ कानूनों का उल्लंघन न करता हो। न्यायालयों में देखते हैं? न्यायालय में जज इसलिए रखे जाते हैं कि वे देश में कानून का पालन करायें लेकिन न्यायालयों का हाल देखते हैं? जजों को

भी देश के कानून का पता नहीं है। वकील उन्हें बताते हैं कि इस सम्बन्ध में फलाँ कानून हैं, उस कानून के अनुसार इस मामलों में यह फैसला दिया जाना चाहिए। वकील भी किताबों से खोज-खाजकर अपने मुकदमे के सम्बन्ध में कानूनों का पता करते हैं। कानूनों का पालन करवाने की जिम्मेदारी जिन जजों पर होती है, जब उन्हें कानूनों की जानकारी नहीं है तो आम आदमी की क्या बिसात? सरकार ने इस ढंग से कानून बनाये हैं कि आदमी चाहे जैसा भी हो, सरकार यदि किसी को परेशान करना चाहे तो उसे खूब विधि-विधान से परेशान कर सकती है।''

सुविधा

भारतीय स्टेट बैंक की मुख्य शाखा। जगेश जी लाइन में खड़े थे। उन्हें बैंक में पैसा जमा करना था। बड़ी लम्बी लाइन लगी थी। जगेश जी काफी पीछे थे। उन्हें लगा कि आज उन्हें अपने ऑफिस पहुँचने में बड़ी देर हो जाएगी। बॉस बड़ी तगड़ी झाड़ पिलायेंगे। वैसे एक घंटे की देर तो हो चुकी थी।

जगेश जी ने ध्यान दिया कि लाइन में सिर्फ पुरुष ही खड़े हैं। अगर कोई महिला पैसा जमा करने आ रही है तो वह सीधे काउंटर पर पहुँच जा रही है और तुरंत पैसा जमा करके चली जा रही है। महिलाओं को लाइन में लगने से छूट है। कुछ समझदार लोग तो अपने साथ किसी महिला को लेकर आ रहे थे। पर्ची और पैसा महिला को पकड़ाकर खुद दूर हट जाते थे। महिला बिना लाइन में लगे, सीधे काउंटर पर जाती थी और पैसा जमा करके चली आती थी। साथ में आये सज्जन फिर प्रकट हो जाते और महिला को लेकर चल देते।

जगेश जी का घर बैंक के नजदीक ही था। वे लाइन से निकल आये। स्टैण्ड से अपनी मोटर-साइकिल निकाली और सीधे घर पहुँच गये। उन्होंने पत्नी को सारी बात बतायी और यह भी समझाया कि मैं ऑफिस के लिए बहुत लेट हो रहा हूँ। उन्होंने पत्नी को तुरंत तैयार होकर अपने साथ बैंक चलने को कहा। पत्नी बिना तैयार हुए, जैसी थी वैसी ही चल पड़ी बैंक। बैंक में जगेश जी ने पर्ची और पैसा पत्नी को थमा दिया। पत्नी ने आगे जाकर तुरंत पैसा जमा कर दिया। उसे घर पहुँचाते हुए वे आराम से ऑफिस निकल गये।

तेल हो गया फेल

प्रतीक जी एक अच्छे कहानीकार थे। उनकी कई पुस्तकें छप चुकी थीं। कुछ उपन्यास भी छपे थे। उनकी लिखी किताबें पर्याप्त मात्रा में बिकती थीं, बावजूद इसके उनका कोई प्रकाशक उन्हें ढंग से रायल्टी नहीं देता था। अपने प्रकाशकों की बदमाशी से वे परेशान रहते थे। एक तो रायल्टी पाने के लिए प्रकाशकों से कई बार तगादा करना पड़ता और जब रायल्टी मिलती तो प्रकाशक यही रोना रोते कि आपकी किताबें बहुत कम बिकती हैं। उनकी किताबों से उनके प्रकाशक मोटे होते जा रहे थे, लेकिन उनकी विपन्नता वैसी की वैसी बनी हुई थी।

एक लेखक मित्र ने प्रतीक जी को बताया कि भारतीय ज्ञानपीठ प्रकाशन से बड़ी ईमानदारी से रायल्टी मिलती है। कोई जुगाड़ बैठाइए कि आपकी किताबें भारतीय ज्ञानपीठ प्रकाशन से छपने लगें। फिर तो आपकी मौज हो जाएगी।

प्रतीक जी चिन्तन-मनन करने लगे। किताबें कैसे भारतीय ज्ञानपीठ से छपें। उन्होंने पता लगाया तो पता चला कि भारतीय ज्ञानपीठ के अध्यक्ष केशवचन्द्र जी हैं। वही भारतीय ज्ञानपीठ की पत्रिका 'नया ज्ञानोदय' के प्रधान संपादक हैं। केशवचन्द्र जी खुद हिन्दी के बहुत बड़े लेखक थे।

प्रतीक जी ने एक योजना बनायी। उन्होंने सोचा, 'अपना एक उपन्यास किसी बड़े प्रकाशन से छपवाता हूँ। समर्पण पृष्ठ पर उपन्यास में केशवचन्द्र जी का नाम छपवा दूँगा। कि यह उपन्यास हिन्दी के महान् लेखक केशवचन्द्र जी को समर्पित है। उपन्यास छप जाने पर उपन्यास की एक प्रति लेकर केशवचन्द्र जी के पास जाऊँगा और उन्हें दे दूँगा। इससे केशवचन्द्र जी से मेरा अच्छा सम्बन्ध बन जाएगा। इससे भारतीय ज्ञानपीठ प्रकाशन से मेरी पुस्तकें छपने लगेंगी।

प्रतीक जी ने वैसा ही किया। अपना नया उपन्यास उन्होंने केशवचन्द्र जी को समर्पित किया। उपन्यास जब छपकर बाजार में आ गया तो उन्होंने उसकी दो-तीन प्रतियाँ ली और दिल्ली रवाना हो गये।

केशवचन्द्र जी के घर जाकर प्रतीक जी ने उन्हें अपना उपन्यास भेंट किया और उन्हें बताया कि मैंने अपना यह उपन्यास आपको समर्पित किया है। केशवचन्द्र जी ने उन्हें प्रेम से बैठाया और उनका स्वागत-सत्कार किया। बातचीत के बीच में केशवचन्द्र जी बोले, "प्रतीक जी आपको मुझसे और पहले मिलना चाहिए था। आप मुझसे पहले मिले होते तो मैं आपकी कुछ पुस्तकें भारतीय ज्ञानपीठ से छपवा देता।" "तो क्या हो गया?" प्रतीक जी बोले, "अब मिला हूँ तो अब छपवा दीजिए न!"

"अब मेरे लिए सम्भव नहीं रह गया।"

"क्यों?"

"इस महीने में भारतीय ज्ञानपीठ से मैं सेवानिवृत्त हो रहा हूँ।"

अन्तिम इच्छा

पुनीत अपने परिवार के साथ शहर में रहते थे। उनके पिता जी गुज़र चुके थे। माँ अभी जीवित थीं। वे पुनीत के साथ ही रहती थीं। पुनीत अपनी माँ की बहुत इ. ज़्ज़त करते थे और उनका हर तरह से ध्यान रखते थे।

पुनीत की माँ की तीन बहनें और थीं। अपनी सारी बहनों में से वे सबसे बड़ी थीं। एक दुर्घटना में एक बार उनकी सबसे छोटी बहन की मृत्यु हो गयी। उनकी सबसे छोटी बहन के एक बेटा था। नाम था, गोली। गोली की उम्र बीस साल थी। गोली गाँव में ही, अपने माँ-बाप के साथ रहता था। उनकी माँ की मृत्यु हो जाने पर पुनीत की माँ ने उसे अपने पास बुला लिया। गोली के पिता ने उनके आगे बहुत हाथ-पैर जोड़े। वे उसे अपने पास रखना चाहते थे। पुनीत की माँ ने उनकी एक नहीं सुनी। उनका कहना था कि जब बच्चे की माँ मर जाती है तो घर में कोई बच्चे की ठीक से देख-भाल नहीं करता। सब उसकी उपेक्षा करने लगते हैं। इसलिए गोली को मैं अपने पास रखूँगी।

गोली बहुत जिद्दी और बदतमीज़ था। उसका पढ़ने-लिखने में मन नहीं लगता था। पुनीत ने उसे बहुत पढ़ाने-लिखाने की कोशिश की। वह पढ़ता ही नहीं था। हारकर पुनीत ने उसे पढ़ाने का विचार मन से निकाल दिया। पुनीत को अच्छा-खासा नाश्ता करना और बढ़िया भोजन करना पसन्द था। खा-पीकर वह साइकिल उठा लेता और पूरे शहर मे इधर से उधर घूमता रहता। घर से सम्बन्धित कोई छोटे से छोटा काम करना भी उसे अपनी शान के खिलाफ लगता था। पुनीत या पुनीत की पत्नी अगर उससे कोई काम करने के लिए कहते तो वह साफ मना कर देता था। पति-पत्नी दोनों खून का घूँट पीकर रह जाते। कारण था कि कोई अगर गोली को कुछ कह देता तो पुनीत की माँ का मुँह फूल जाता। चूँकि गोली मृत बहन का इकलौता बेटा था, अतः वह उनका बड़ा लाड़ला था।

गोली की उद्दंडता और बदतमीजियाँ पुनीत के बर्दाश्त के बाहर हो रही थीं। गोली उनकी पत्नी पर भी हुक्म चलाने की कोशिश करने लगा था। पुनीत का

बस चलता तो वे उसे दो लात मारकर घर से निकाल देते लेकिन वे अपनी माँ के आगे लाचार थे। गोली इस बात को भली-भाँति समझता था कि जब तक उसकी मौसी हैं, घर मे उसका कोई बाल भी बाँका नहीं कर सकता। इसलिए वह खूब मानमानी करता था।

गोली को झेलते हुए दस साल बीत गये। पुनीत की माँ काफी अस्वस्थ चलने लगीं। ऐसा लगने लगा कि अब वे ज्यादा दिन नहीं चलेंगी। पुनीत ने मन ही मन तय कर लिया कि माँ के न रहने पर सबसे पहले तो मैं गोली को दो लात मारकर उसके गाँव भगा दूँगा। इस विपत्ति को और झेल पाना अब उनके वश में नहीं रह गया था।

एक दिन पुनीत की माँ की तबीयत काफी खराब हो गयी। उन्होंने पुनीत को अपने पास बुलाया, ''बेटा लगता है अब मेरे जाने का समय हो गया।'' ''ऐसा मत कहो माँ।'' पुनीत ने भावुक होकर अपनी माँ का हाथ पकड़ लिया। ''बेटा एक दिन सबको जाना पड़ता है। मेरी एक अन्तिम इच्छा है! पूरी करोगे?''

''हाँ माँ! तुम मुझे आदेश दो!''

''बेटा तुम वचन दो कि तुम मेरी अन्तिम इच्छा पूरी करोगे।''

''माँ मैं वचन देता हूँ कि मैं तुम्हारी अन्तिम इच्छा जरूर पूरी करूँगा।''

''बेटा जब तक तुम ज़िन्दा रहना, गोली की अच्छी तरह से देखभाल करना। यही मेरी अन्तिम इच्छा है।''

पुनीत की माँ की आँखें हमेशा के लिए बंद हो गयीं।

उपमा

पुलकित और ललित दोस्त थे। दोनों नौकरी करते थे। दोनों को एक विशेष शौक था। शहर में कहीं भी कोई सांस्कृतिक कार्यक्रम होता तो दोनों जरूर पहुँचते थे। दोनों के एक और मित्र थे, कवि जी। कवि जी कविताएँ बहुत अच्छी लिखते थे। दोनों मित्र जब किसी सांस्कृतिक कार्यक्रम में जाने लगते तो कवि जी को जरूर पकड़ लेते। कारण था कि अगर कार्यक्रम अच्छा हो रहा होता तो कवि जी उपमा, रूपक, उत्प्रेक्षा आदि की झड़ी लगा देते। इससे कार्यक्रम देखने का मज़ा दोगुना हो जाता था।

एक बार शहर में कत्थक नृत्य का एक कार्यक्रम होने वाला था। बाहर से कोई प्रसिद्ध नृत्यांगना आने वाली थी। दोनों दोस्तों ने तय किया कि नृत्य देखने जरूर चलेंगे। निर्धारित दिन और समय पर दोनों मित्र कार्यक्रम देखने पहुँच गये। साथ में कवि जी भी थे। सभागार खचाखच भरा था। थोड़ी देर तक भाषणबाजी की औपचारिकता के बाद कथक नृत्य शुरू हो गया।

बहुत शानदार कार्यक्रम हो रहा था। दोनों मित्र कार्यक्रम का आनन्द लेने लगे। आज दोनों मित्रों को बड़ा आश्चर्य हो रहा था। कवि जी ध्यानमग्न होकर नृत्य देख रहे थे। कार्यक्रम के बीच-बीच में चलने वाली उनकी टिप्पणियाँ नदारद थीं। न कोई उपमा, न कोई रूपक, न कोई उत्प्रेक्षा।

कार्यक्रम समाप्त होने के बाद तीनों लोग सभागार के बाहर आ गये। पुलकित ने कवि जी को छेड़ा, "कवि जी कार्यक्रम अच्छा नहीं था क्या? आज आप बीच में कुछ नहीं बोल रहे थे?" कवि जी बोले, "अद्‌भुत नृत्य था। खासकर नृत्यांगना का पद-संचालन। ऐसा लग रहा था जैसे हाकी के महान खिलाड़ी ध्यानचंद खेल के मैदान में अपनी हाकी-स्टिक से ड्रिबिलिंग कर रहे हों। ऐसे में मैं क्या बोलता?" दोनों मित्रों ने ताली बजाई, "वाह कवि जी! अब हुई न बात!"

अपना-अपना दाँव

'अंगद' हरिजन टोले का नया नेता निकल रहा था। उम्र थी तीस साल। हरिजन टोले के लोगों को अंगद में उम्मीद की एक किरण दिखाई देती थी। कारण था, अंगद गाँव के किसी बड़ी जाति वाले से नहीं दबता था। सही बात के लिए सबसे भिड़ जाता था।

गाँव के ही पंडित कामता प्रसाद शास्त्री को अंगद से बड़ी चिढ़ थी। उनका बस चलता तो वे अंगद का टेंटुआ दबा देते लेकिन लाचार थे। उनकी उम्र पचास साल थी जबकि अंगद तीस साल का हट्टा-कट्टा जवान था। वह जब भी शास्त्री जी सामने से गुजरता, उनकी ओर बिना देखे, ऐंठता हुआ निकल जाता। न कोई पैलगी, न कोई नमस्कार-प्रणाम। सामने पड़ने पर गाँव का हर आदमी शास्त्री जी से 'पंडित जी पाँय लागी' कहता था। शास्त्री जी क्या, अंगद गाँव के किसी सवर्ण को नमस्कार नहीं करता था। शास्त्री जी को बाकी लोगों से कुछ लेना-देना नहीं था। उन्हें यह नागवार लगता था कि वह उन्हें 'पाँय लागी' नहीं कहता था।

एक दिन कामता प्रसाद शास्त्री ठाकुर कृष्ण प्रताप सिंह के दालान में बैठे उनके साथ गपशप कर रहे थे। तब तक अंगद उधर से आ निकला। उसने न तो कामता प्रसाद की ओर देखा और न कृष्ण प्रताप की ओर। सिर नीचे किए हुए वह निकल गया। कामता प्रसाद के तन-बदन में आग लग गयी। उन्होंने कृष्ण प्रताप से कहा, "सरकार घोर कलियुग आ गया है।" "क्या हुआ?" कृष्ण प्रताप ने पूछा। अंगद की माँ-बहन और जाति को तारते हुए शास्त्री जी बोले, "इधर से ही गया है, आपने देखा नहीं? उसने मुझको पैलगी नहीं की, कोई बात नहीं। उसने आपको भी सलाम नहीं किया। आपके पिता जी रहे होते तो उन्होंने इसकी खाल उधेड़कर उसमें भूसा भरवा दिया होता। इसकी हिम्मत तो देखिए।"

कृष्ण प्रताप ने अपने आदमी से कहा, "जाओ जरा दौड़कर अंगद को बुला लाओ। कह दो मैंने बुलाया है।" आदमी अंगद को बुलाने चला गया। कुछ देर में

वह अंगद को लिवाकर आ गया। आते ही अंगद ने कृष्ण प्रताप से पूछा, "क्या है ठाकुर? मुझको किसलिए बुलाया है?" कृष्ण प्रताप बोले, "देखो यहाँ शास्त्री जी बैठे हुए हैं। कह रहे हैं कि यह च....साला मुझको बिना 'पायँलागी' कहे चला गया।" अंगद शास्त्री जी को गाली देते हुए एकदम डटकर उनके पास खड़ा हो गया। शास्त्री जी भी भड़क गये। दोनों में जमकर कहा-सुनी होने लगी। धीरे-धीरे वहाँ पर भीड़ इकट्ठी हो गयी।

बात काफी आगे बढ़ गयी। अंगद ने थाने में जाकर कामता प्रसाद शास्त्री के विरुद्ध हरिजन-उत्पीड़न की प्राथमिकी दर्ज करा दी। गाँव में पुलिस पहुँच गयी। पुलिस ने बहुत सारे लोगों से बातचीत की। अंत में शास्त्री जी को गिरफ्तार कर लिया। शास्त्री जी ने पुलिस वालों से बहुत मिन्नतें कीं। पुलिसवालों ने उन्हें छोड़ने से इनकार कर दिया। शास्त्री जी ने कृष्ण प्रताप को ही गाली देना शुरू कर दिया, "घोर कलियुग आ गया है। ये साले आजकल के ठाकुर हैं? एक च...से भिड़ने तक ही हिम्मत नहीं है? उल्टा मुझे फँसा दिया। अब जाकर मैं जेल की हवा खाऊँ?"

भगवान की पवित्रता

श्यामकान्त ने सुबह से तय कर रखा कि आज शाम को मन्दिर जाकर भगवान के दर्शन करते हैं। ऑफिस से आकर जल्दी-जल्दी नाश्ता किया। चल दिए मन्दिर की ओर। वे शहर के सबसे बड़े मन्दिर में आज दर्शन करने पहुँचे। मन्दिर के पास स्थित मिठाई की दुकान से एक किलो मिठाई ली। मन्दिर के बाहर चप्पल उतारकर वे मन्दिर के अन्दर चले गये।

मन्दिर के अन्दर भगवान की मूर्ति तक कोई नहीं जा सकता था। भगवान की मूर्ति के दस मीटर पहले लोहे की बाड़ लगी हुई थी। लोग बाड़ के पास ही खड़े होकर भगवान को प्रणाम करते थे और वहीं से पूजा-पाठ करते थे। बाड़ के अन्दर एक पुजारी था। वही लोगों से माला लेकर भगवान को चढ़ाता और प्रसाद भगवान की मूर्ति के पास थोड़ी देर के लिए रखकर वापस लाकर चढ़ाने वाले को दे देता।

श्यामकान्त ने भी अपना मिठाई का डिब्बा पुजारी को दिया। पुजारी कुछ देर तक मिठाई के डिब्बे को घूरता रहा। बोला, "यह प्रसाद अपवित्र है। भगवान को नहीं चढ़ पाएगा।" "क्यों?" श्यामकान्त ने आश्चर्य से पूछा। पुजारी ने जवाब दिया, "यहाँ केवल ताड़ के पत्ते या अन्य किसी चीज की टोकरी में लाया गया प्रसाद ही चढ़ता है। मिठाई के डिब्बे में लाया गया प्रसाद नहीं चढ़ता।" "मिठाई के डिब्बे में क्या अपवित्रता होती है?" श्यामकान्त ने पूछा। "मिठाई के डिब्बे में लेई लगी होती है। लेई अपवित्र है।" पुजारी ने उत्तर दिया। "आप भगवान को बार-बार छू रहे हैं, तब भगवान नहीं अपवित्र हो रहे हैं। मिठाई के डिब्बे से भगवान अपवित्र हो जाएँगे?" श्यामकान्त व्यंग्य से बोले। पुजारी भिड़ गया, "मैं क्यों अपवित्र हूँ? नहा-धोकर तब मैं अन्दर घुसा हूँ।" "आप नहा-धोकर अन्दर घुसे हैं, सो तो ठीक है लेकिन आपके पेट में इतना सारा टट्टी-पेशाब भरा हुआ है। आप बार-बार भगवान को छू रहे हैं। आप ही बताइए! भगवान पवित्र रह गए हैं?"

नहीं होने दूँगा एक पैसे का काम!

तीनों अध्यापक महाविद्यालय में बहुत वरिष्ठ थे। जितने वरिष्ठ, उतने निकृष्ट। उनके नाम थे सुरेश, रमेश और दिनेश। तीनों के बारे में तरह-तरह की किंवदन्तियाँ प्रचलित थीं। उनके बारे में जो सबसे प्रमुख बात प्रचलित थी, वह यह थी कि तीनों इस बात के प्रति पूरी तरह सतर्क रहते थे कि उनके हाथ से किसी का एक पैसे का भला न होने पाये। उन्हें जरा भी आभास हो जाता कि मेरे इस काम से अमुक व्यक्ति को दशमलव शून्य-शून्य एक प्रतिशत फायदा हो जाएगा तो वे एकदम चौकन्ने हो जाते थे। प्राण चले जाएँ लेकिन अपने हाथ से किसी का कोई फायदा न होने पाए।

महाविद्यालय में एक नये प्राध्यापक आए, रजत। उन्हें भी तीनों की इस फितरत का पता चला। उन्होंने इस बात को आजमाकर पुष्ट करना चाहा। एक दिन उन्होंने तीन सादे कागज़ लेकर अपने बैग में रख लिए।

सबसे पहले वे सुरेश के पास पहुँचे और उन्हें नमस्कार करते हुए उनके पास बैठ गये। वे उनसे गप्पें लड़ाने लगे। बात-बात में ही रजत ने अपने बैग से एक सादा कागज़ निकाल कर इतनी सफाई से सुरेश के सामने रख दिया कि उन्हें पता ही नहीं चला। कुछ देर में रजत ने सुरेश से कहा, "सर मुझे एक सादे कागज़ की ज़रूरत है। क्या मैं इसे ले लूँ?" सुरेश ने कुछ देर तक सादे कागज़ को देखा फिर बोले, "क्या बताऊँ यार! कुछ कारण से यह कागज़ मैं तुम्हें नहीं दे पाऊँगा। मुझे इसका कुछ काम है, लेकिन एक बात है। मैंने यह कागज़ तुम्हें नहीं दिया तो पूरे कॉलेज में किसी को नहीं दूँगा। यहाँ तक कि प्राचार्य को भी नहीं दूँगा, चाहे कुछ भी हो जाए।"

रजत वहाँ से उठकर रमेश के पास चल दिए। वहाँ भी उन्होंने वही किया। उनसे बैठकर बात करने लगे और धीरे से अपने बैग से एक सादा कागज़ निकालकर उनके सामने रख दिया। कुछ देर बात उन्होंने वही प्रश्न दोहराया, "सर यह सादा कागज़ ले लूँ?" रमेश ने कागज़ को देखा। हँसते हुए बोले, "क्या यार! तुमने

माँगा भी तो एक सादा कागज़। तुमने मुझे क्या समझ रखा है? मैं तुम्हें एक सादा कागज़ नहीं दे सकता?'' वे कुछ देर तक चुप रहे। फिर बोले, ''यार तुम मुझसे कभी बाद में सादा कागज़ ले लेना। इस कागज़ को मत लो। कुछ खास बात है। मेरी बात को अन्यथा मत लो। समझने की कोशिश करो।''

कुछ देर में रजत वहाँ से भी उठ गये और दिनेश के पास पहुँच गये। वहाँ भी उन्होंने वही किया। बातचीत में एक सादा कागज़ दिनेश के सामने रख दिया। कुछ देर में बोले, ''सर मुझे एक सादा कागज़ चाहिए। क्या मैं यह सादा कागज़ ले लूँ?'' दिनेश ने चेहरे पर अत्यन्त रहस्य का भाव बनाया, ''आप समझ नहीं रहे हैं। यह कागज़ एक बहुत जरूरी काम से रखा हुआ है। काम बहुत गोपनीय है। किसी को बताने लायक नहीं है इसलिए यह कागज़ मत माँगिए। आप मेरी बात समझ रहे हैं न?''

भला-बुरा

प्रभाकर जी आज कई महीनों के बाद अपने पुराने मित्र नन्दलाल के घर आये थे। नन्दलाल और उनकी पत्नी ने पहले तो प्रभाकर से इस बात की शिकायत की कि वे इतने दिनों बाद क्यों आये? फिर शुरू हुआ दोनों दोस्तों की गप्पबाजी का दौर। पति-पत्नी ने प्रभाकर की खूब आवभगत की। बातों-बातों में नन्दलाल बोले, ''यार एक महीने पहले तुम्हारे पिता जी मुझसे मिल गये थे।'' ''कहाँ?'' ''मैं सबेरे एक पार्क में घूमने गया था, वहीं इत्तफाक से वे भी टहल रहे थे। फिर तो हम लोग साथ-साथ ही टहलने लगे। बाबू जी भाभी जी की बहुत तारीफ़ कर रहे थे। इतनी तारीफ़ कर रहे थे कि अंत में उनकी आँखें भर आईं। कह रहे थे कि मेरी बहू तो साक्षात् लक्ष्मी है। आजकल दीपक लेकर खोजने पर भी ऐसी बहू नहीं मिलेगी। बता रहे थे कि मेरी उम्र अस्सी साल की हो गयी है। मेरी पत्नी पचहत्तर साल की है। हमारी बहू हम दोनों की छोटी से छोटी ज़रूरत का ध्यान रखती है। दोनों में किसे कब; किस चीज की जरूरत है, उसे अच्छी तरह से पता रहता है। समय से नाश्ता, समय से खाना, समय से दवा; सब लेकर हाजिर रहती है। पिछले जन्मों में जरूर हमने बहुत पुण्य किया होगा, जो इस जन्म में हमें ऐसी बहू मिली....''

पत्नी की प्रशंसा सुनकर प्रभाकर खुश हो गये। कुछ देर में नन्दलाल और उनकी पत्नी से विदा लेकर वे घर चले आए।

घर पहुँचकर उन्होंने अपनी पत्नी माला को आवाज़ दी। उनकी आवाज़ की खुशी भाँपकर माला ने पूछा, ''बड़े प्रसन्न लग रहे हो? लॉटरी लग गई है क्या?'' ''लॉटरी लगने से भी मुझे उतनी प्रसन्नता न होती जितनी प्रसन्नता मुझे नन्दलाल की बात सुनकर मिली है।'' प्रभाकर ने जवाब दिया। ''क्या कह रहे थे वे?'' माला ने पूछा। प्रभाकर ने नन्दलाल की सारी बात बता दी और बोले, ''मुझे नहीं पता था कि पिता जी लोगों से तुम्हारी इतनी तारीफ़ करते हैं। मुझे तुम पर गर्व है।''

''मुझे न तो आपका गर्व चाहिए और न आपके पिता जी की तारीफ़। आप बहुत बकझक करते हैं, इसलिए मैं आपके माँ-बाप को झेल रही हूँ। आपके पिता जी लोगों से बातचीत में मुझे एक लाख गालियाँ दिया करें, बस बुड्ढे-बुढ़िया मेरा पिंड छोड़े दें तो मुझे ज्यादा खुशी होगी।''

वास्तविक प्राप्तव्य

रात का समय था। गुरुकुल में लगभग सन्नाटा था। गुरु जी की कुटिया में चार शिष्य गुरु जी के पास बैठकर गुरु जी की सेवा कर रहे थे। गुरु जी जमीन पर चटाई बिछाकर लेटे थे। शिष्य गुरु जी के हाथ-पैर दबा रहे थे, आपस में बातें भी कर रहे थे। होते-होते बात इस पर आकर टिक गयी कि अगर भगवान मिल जाएँ तो कौन क्या वरदान माँगेगा।

पहला शिष्य बोला, "अगर मुझे भगवान मिल जाएँ तो मैं उनसे यह वरदान माँगूँगा कि मुझे वे इस धरती का चक्रवर्ती सम्राट बना दें। फिर तो मज़ा आ जाएगा। इस धरती पर मैं एकछत्र शासन करूँगा।"

दूसरा शिष्य बोला, "मैं तो भगवान से यह वरदान माँगूँगा कि मैं जब तक जीवित रहूँ, मुझे कोई दुःख न मिले। यह संसार पूरी तरह से दुःखों से भरा हुआ है। मुझे कोई दुःख न व्यापे और मेरा जीवन पूरी तरह सुखों से भरा रहे। मेरा जीवन आनन्दमय हो जाएगा।"

तीसरा शिष्य बोला, "मैं तो भगवान से अमर होने का वरदान माँगूँगा। अमर हो जाऊँगा तो मज़ा आ जाएगा। मैं कभी नहीं मरूँगा। हमेशा इस धरती पर बना रहूँगा।"

चौथा शिष्य बोला, "मैं भगवान से वरदान माँगूँगा कि मैं देवता बन जाऊँ। तब धरती के सारे लोग मेरी पूजा करेंगे। मैं दैवी शक्तियों से सम्पन्न हो जाऊँगा। मैं तुम तीनों से बड़ा हो जाऊँगा।"

चारों शिष्यों की बात सुनकर गुरु जी ठहाका मारकर हँस पड़े। कहने लगे, "तुम चारों ही अज्ञानी हो। सृष्टि में ईश्वर से बड़ा प्राप्तव्य क्या है? जिसे साक्षात् ईश्वर ही मिल गया, उसे किसी और चीज की क्या आवश्यकता है? ईश्वर मिल जाएँ तो फिर कुछ भी मिलना शेष नहीं रह गया। वह बड़भागी है जो ईश्वर को पा गया। सारे सत्कर्म ईश्वर को प्राप्त करने के लिए हैं, किसी और चीज को पाने के लिए ईश्वर प्राप्ति की कामना नहीं करनी चाहिए।"

परिवार का संस्कार

कवीन्द्र कई दिनों से लखनऊ जाने की सोच रहे थे, अपने छोटे भाई रवीन्द्र के पास। रवीन्द्र लखनऊ में एक बड़ा अधिकारी था। गाँव में खेती-बाड़ी करते-करते जी थोड़ा उकता सा गया था। सोचा, चलकर एकाध महीने अपने छोटे भाई के पास रहूँ।

कवीन्द्र और रवीन्द्र दोनों सगे भाई थे। बचपन से ही रवीन्द्र पढ़ने में तेज था, जबकि कवीन्द्र का मन पढ़ने-लिखने में कम लगता था। दोनों भाई गाँव में ही अपने माँ-बाप के पास रहते थे। इंटर की पढ़ाई पूरी कर लेने के बाद रवीन्द्र पढ़ने के लिए शहर चला गया जबकि कवीन्द्र ने किसी तरह इंटर पास हो जाने के बाद आगे पढ़ने से इनकार कर दिया। कवीन्द्र अपने पिता के साथ खेती-बाड़ी में हाथ बँटाने लगे। उधर रवीन्द्र पढ़-लिखकर एक बड़ा अधिकारी बन गया।

रवीन्द्र इस समय लखनऊ में नौकरी कर रहा था। माँ-बाप गुजर चुके थे। कवीन्द्र और रवीन्द्र आपसी सूझ-बूझ से अपनी-अपनी गृहस्थी अच्छी तरह से गुज़ार रहे थे।

कवीन्द्र लखनऊ पहुँचे। छोटे भाई रवीन्द्र ने उन्हें देखा तो उसे बड़ी प्रसन्नता हुई। उसने अपने बड़े भाई की खूब आवाभगत की। कवीन्द्र ने उसे बताया कि उनका एक महीने रुकने का इरादा है। रवीन्द्र को और भी खुशी हुई। रवीन्द्र की पत्नी आभा ने भी यह बात सुन ली कि जेठ जी एक महीने रुकेंगे। वह मन ही मन चिहुँक उठी।

आभा भी ड्राइंगरूम में आ गयी। उसने एक हाथ का घूँघट निकाल रखा था। आकर उसने अपने जेठ को प्रणाम किया और एक तरफ खड़ी हो गयी। कवीन्द्र बोले, "तुम भी बैठो बहू। इतना बड़ा घूँघट क्या निकाल रखा है? ये सब पुराने-जमाने की बातें हैं। तुम तो पढ़ी-लिखी हो। शहर में रहती हो। अब तो गाँव की अनपढ़ औरतें भी इस तरह नहीं रहतीं।" आभा बड़ी विनम्रतापूर्वक प्रेमपूर्ण स्वर में बोली, "भइया आप मेरे जेठ लगते हैं। आपके सामने भला मैं कैसे बैठ सकती हूँ? रही घूँघट निकालने की वाली बात, तो ये हमारे परिवार का संस्कार है।

अपने परिवार के संस्कारों को मैं कैसे छोड़ सकती हूँ? अपने बड़ों का सम्मान करना तो हमारी खुशकिस्मती होती है।'' अपनी पत्नी की बातों को सुनकर रवीन्द्र गद्‌गद हो गया। कवीन्द्र कुछ नहीं बोले।

घर में कुल चार कमरे थे। एक ड्राइंगरूम था। एक पति-पत्नी का कमरा था। अतिथि वाले कमरे में कवीन्द्र की व्यवस्था कर दी गयी।

दिन में दोनों बच्चे स्कूल चले जाते और रवीन्द्र ऑफिस चला जाता। घर में बचते थे कवीन्द्र और आभा। कवीन्द्र अपने कमरे से जरा भी निकलते तो आभा घूँघट निकालकर आकर खड़ी हो जाती, ''भइया कुछ चाहिए क्या?'' कवीन्द्र ''नहीं'' कहकर फिर अपने कमरे में घुस जाते। दिनभर अखबार और पत्रिकाएँ उलटते-पलटते अपने कमरे में बैठे रहते।

शाम को जब रवीन्द्र ऑफिस से आता तो कवीन्द्र उसके पास बैठकर बातें करने लगते। आभा भी घूँघट निकालकर पास में आकर खड़ी हो जाती। कवीन्द्र को जब लगता कि आभा देर से खड़ी है तो वे संकोच में उठ जाते और अपने कमरे में चले जाते। रात में जब दोनों भाई खाना खाने लगते तो भी आभा आकर घूँघट निकालकर खड़ी हो जाती। खाना खाने के बाद संकोच में कवीन्द्र फिर अपने कमरे में चले जाते।

आभा ने कवीन्द्र को इतना सम्मान दिया कि वे एक सप्ताह में ही त्रस्त हो गये। एक दिन रात में खाना खाते समय वे रवीन्द्र से बोले, ''रवीन्द्र मैं सोच रहा हूँ कि कल घर चला जाऊँ। खेती का बड़ा नुकसान हो रहा होगा।'' ''अरे! आपने तो एक महीने रुकने के लिए कहा था। फिर अभी जाने की बात क्यों कह रहे हैं?'' रवीन्द्र ने आश्चर्य से पूछा। ''कहा तो था लेकिन अब समझ में आ रहा है कि खेती का बहुत ज्यादा नुकसान हो जाएगा। फिर कभी आऊँगा। खाली समय में।'' कवीन्द्र बोले। आभा घूँघट के नीचे मुस्करा रही थी।

शुभ-अशुभ

बलराम और जंगजीत अच्छे मित्र थे। दोनों साथ-साथ पढ़े थे। पढ़ाई के बाद दोनों अलग-अलग हो गये। बलराम रेलवे में नौकरी करने लगे जबकि जंगजीत ने अपना निजी व्यवसाय प्रारम्भ कर दिया। अलग हो जाने के बाद भी दोनों की दोस्ती वैसे ही कायम रही।

पहले तो दोनों एक-दूसरे को पत्र लिखा करते थे। फिर फैल गया मोइबल फोन का जाल। अब दोनों बराबर मोबाइल से एक-दूसरे के सम्पर्क में रहने लगे। दोनों बराबर एक-दूसरे को फोन करते रहते थे।

बलराम को जंगजीत की एक आदत बड़ी विचित्र लगती थी। कुछ देर तक बात कर लेने के बाद जंगजीत बोलते, "अच्छा, अभी थोड़ी देर में मैं फिर फोन कर रहा हूँ।" इतना कहकर वे फोन काट देते थे। बलराम घंटे, दो घंटे...चार घंटे...छह घंटे...दिनभर इन्तज़ार करते रहते कि जंगजीत अभी थोड़ी देर में फिर फोन करेगा। उनका इन्तज़ार, इन्तज़ार ही रह जाता। वे थक-हारकर सोचे लेते कि जंगजीत कहीं और व्यस्त हो गया होगा, जिसके कारण वह दोबारा फोन नहीं कर पाया होगा।

यह बात बार-बार होती थी। बलराम परेशान हो गये। संकोचवश वे फोन पर इसके बारे में पूछ नहीं पा रहे थे कि तुम बार-बार ऐसा क्यों कहते हो? कुछ दिनों बाद उन्हें यह शंका होने लगी कि जंगजीत लगता है, बहुत पैसेवाला हो गया है। अब उसे मुझसे सम्बन्ध रखने में कोई दिलचस्पी नहीं रह गई है। थोड़ी देर बात करने के बाद वह मुझसे जान छुड़ाने के लिए कहता है, 'अच्छा, अभी थोड़ी देर में मैं फिर फोन कर रहा हूँ।' और वह फोन काट देता है।

एक बार बलराम और जंगजीत में मुलाकात हो गयी। दोनों बड़ी गर्मजोशी से मिले। बातों ही बातों में बलराम ने जंगजीत से पूछ ही लिया, "यार, जब भी मैं तुमसे फोन पर बात करता हूँ, तुम कहते हो कि अच्छा, अभी थोड़ी देर में मैं फिर फोन कर रहा हूँ। उसके बाद मैं दिनभर तुम्हारे फोन का इन्तजार करता रहता हूँ

लेकिन तुम पलटकर दोबारा फोन नहीं करते।'' जंगजीत ठठाकर हँस पड़े, ''यार, हम लोग ठहरे व्यवसायी। हम शाम को कभी यह नहीं कहते कि अब मैं दुकान बंद कर रहा हूँ। इसे हम लोग अशुभ मानते हैं। हम कहते हैं कि अब मैं दुकान बढ़ा रहा हूँ। इसी तरह फोन पर बात करते हुए हम लोग यह नहीं कहते कि अब मैं फोन काट रहा हूँ या अब मैं फोन रख रहा हूँ। हम लोग इसे अशुभ मानते हैं। इसीलिए हम लोग कहते हैं किं अभी थोड़ी देर में मैं फिर फोन कर रहा हूँ। इसका मतलब यही समझा करो कि अब मैं फोन रख रहा हूँ।''

हथियार

डॉ. धर्मराज को नहीं लग रहा था कि यह भी कोई काम है लेकिन वह काम बहुत बड़ा बन गया।

धर्मराज महाविद्यालय में प्राध्यापक थे। एक दिन विश्वविद्यालय से उनके गुरु प्रो. महेन्द्र का फोन आया कि मेरे भतीजे ने विश्वविद्यालय की बी.ए. प्रथम वर्ष की परीक्षा दी है। मनोविज्ञान-प्रथम प्रश्नपत्र की उत्तर-पुस्तिका तुम्हारे महाविद्यालय के डॉ. विनोद के पास गई है। मैं तुम्हें अपने भतीजे का अनुक्रमांक बता रहा हूँ। तुम डॉ. विनोद से कहकर मेरे भतीजे का नम्बर बढ़वा दो।

विनोद महाविद्यालय में अक्सर धर्मराज से मिल जाया करते थे। अगले दिन वे धर्मराज से मिले गये। धर्मराज ने उन्हें रोक लिया। सारी बात बताकर उन्होंने प्रो. महेन्द्र के भतीजे का अनुक्रमांक दे दिया। विनोद लगे धर्मराज को हड़काने, "यार, तुम मुझसे जो काम करने के लिए कह रहे हो, तुम्हें नहीं कहना चाहिए था। यह तुम्हारी गरिमा के विपरीत है। मैं यह काम नहीं कर पाऊँगा। यह काम करना मेरी भी गरिमा के विपरीत है। परीक्षक का काम एक न्यायाधीश का काम होता है। जिन छात्रों ने तुम्हारे गुरु के भतीजे से अच्छा लिखा है, उन्हें मैं उससे कम अंक नहीं दे सकते। मेरी अंतरात्मा मुझे कदापि ऐसा नहीं करने देगी। तुम्हारे गुरु विश्वविद्यालय के लिए कलंक हैं। ये लोग अपने घर के बच्चों के अंक बढ़वाकर अच्छे बच्चों का हक मारते हैं। अपने भतीजे को टॉप करवा देंगे और जो सचमुच उसका हकदार होगा, वह बेचारा टहलता रह जाएगा....।" धर्मराज शर्म से पानी-पानी हो गये। वे वहाँ से खिसक लिए। उनकी समझ में नहीं आ रहा था कि वे अपने गुरु को क्या उत्तर देंगे? उन्होंने अपने और विनोद के अच्छे सम्बन्धों की बड़ी-बड़ी डींगें हाँक दी थीं।

रात में धर्मराज के पास विश्वविद्यालय के एक दूसरे प्रोफेसर का फोन आ गया। उनकी भी वही समस्या थी। उन्होंने कहा, "यार धर्मराज, तुम्हारे महाविद्यालय में कोई डॉ. लतिका हैं। उनके पास मेरे बेटे की साइंस की कॉपी गई है। जरा देख लो।"

धर्मराज ने उन्हें जवाब दिया, "अरे सर! लतिका बड़ी कुत्ती औरत है। उसका एकमात्र काम है दूसरों को अधिक से अधिक नुकसान पहुँचाना। अगर मैं उसको आपके बेटे का अनुक्रमांक दे दूँगा तो अगर आपका बेटा पास होने लायक रहेगा तो भी वह फेल कर देगी।" "अरे यार तब रहने दो।" प्रोफेसर साहब ने घबराकर कहा, "अच्छा हुआ तुमने मुझे बता दिया। किसी के भी माध्यम से उससे सिफारिश नहीं करवाऊँगा, नहीं तो अनर्थ हो जाएगा।" डॉ. धर्मराज का पिंड छूट गया।

धर्मराज के विश्वविद्यालय के बहुत सारे प्रोफेसरों से सम्बन्ध थे। फिलहाल यही बात उनके लिए समस्या की जड़ हो गयी। एक दिन और प्रोफेसर का फोन आ गया, "यार धर्मराज, मेरी भांजी की कामर्स की कॉपी तुम्हारे कॉलेज में गयी हैं डॉ. अरुणेश के पास। मैं तुम्हें अपनी भांजी का अनुक्रमांक दे रहा हूँ। जरा मदद कर दो यार।" धर्मराज बोले, "अरे सर आपने किसका नाम ले लिया? अरुणेश मेरे महाविद्यालय का सबसे ऐबी और पाजी आदमी है। मुझसे क्या, आप किसी के भी माध्यम से उससे कहलवाएँ, बढ़ाने के बजाय वह आपकी भांजी का नम्बर कम कर देगा। आप किसी से भी कहलवाकर देख लीजिए। मेरी तो उससे वैसे भी कम पटती है।" "तब जाने दो!" प्रोफेसर साहब निराश होकर बोले, "ऐसे आदमी से कहलवाने का क्या फायदा?"

डॉ. धर्मराज को सबसे जान छुड़ाने का अचूक हथियार मिल गया था।

सबके लिए

प्रदेश की राजनीतिक स्थिति बड़री डांवाडोल थी। 'क' जाति के एक धुरंधर राजनीतिज्ञ ने हिसाब लगाकर सोचा कि अगर मैं परिस्थितियों का फायदा उठाऊँ तो प्रदेश मेरे कब्जे में आ सकता है और मैं प्रदेश का मुख्यमंत्री बन सकता हूँ।

उन्होंने ठाकुर जाति के एक बड़े नेता को अपने साथ लिया, ब्राह्मण जाति के एक बड़े नेता को साथ लिया और एक बड़े मुस्लिम नेता को साथ मिला लिया। सबको लेकर उन्होंने एक नयी राजनीतिक पार्टी बना ली। 'क' जी जोर-जोर से पूरे प्रदेश में अपनी पार्टी का आधार बनाने में लग गये।

ठाकुर जाति के नेता को काम मिला कि पूरे प्रदेश के क्षत्रियों को पार्टी के साथ जोड़ो, ब्राह्मण नेता को पूरे प्रदेश के ब्राह्मणों को पार्टी से जोड़ने का काम सौंपा गया और मुस्लिम नेता को प्रदेश के सारे मुसलमानों को पार्टी के साथ लाने की जिम्मेदारी मिली। पार्टी में चारों नेताओं का कद बराबर था।

चारों नेताओं की मेहनत रंग लायी। चारों बिरादरी के लोग पार्टी से तेजी के साथ जुड़ने लगे। कुछ और जातियों के लोग साथ आ गये। पार्टी प्रदेश की एक बहुत ताकतवर पार्टी बन गयी।

चुनाव हुआ। पार्टी पूर्ण बहुमत के साथ सत्ता में आ गयी। 'क' जी को सर्वसम्मति से प्रदेश का मुख्यमंत्री बना दिया गया। 'क' जी ने अपने अन्य तीनों साथियों, जो कि ठाकुर, ब्राह्मण और मुस्लिम थे; को भी भारी-भरकम विभागों का मंत्री बना दिया।

धीरे-धीरे 'क' जी अपने हिसाब से शासन चलाने लगे। उन्होंने ज्यादातर 'क' जाति के लोगों को ही मंत्री बनाया। अधिकांश महत्त्वपूर्ण पदों पर 'क' जाति के अधिकारियों को तैनात किया गया।

अब आयी नौकरियों की बारी। प्रदेश में खाली पदों को भरा जाने लगा। पुलिस विभाग, बिजली विभाग और भी बहुत सारे विभाग। सबमें भर्ती होने लगी।

अधिकांश पदों पर 'क' जाति के लोग ही नियुक्त हो रहे थे। ऐसा लग रहा था, जैसे प्रदेश में 'क' जाति के लोगों के अलावा और कोई रहता ही नहीं। प्रदेश की जनता में असन्तोष पैदा होने लगा। ठाकुर, ब्राह्मण और मुस्लिम मंत्री असन्तुष्ट हो उठे। वैसे तो सत्ता की मलाई खा ही रहे थे। उन्हें उतना असन्तोष नहीं था, लेकिन जाति के लोगों का दबाव पड़ रहा था।

एक दिन तीनों ने आपस में विचार-विमर्श किया। इस मुद्दे पर मुख्यमंत्री जी से बात की जाए। तीनों एक दिन मुख्यमंत्री से मिलने पहुँच गये। सबसे पहले ठाकुर साहब ही बोले, "मुख्यमंत्री जी मेरी बिरादरी के लोग शिकायत कर रहे हैं कि केवल 'क' जाति वालों का ही काम हो रहा है, राजपूतों के लिए कुछ नहीं हो रहा है।" "यह आप कैसी बात कह रहे हैं?" मुख्यमंत्री ने बड़ी विनम्रता से कहा, "इस साल कितनी धूमधाम से महाराणा प्रताप जयंती मनायी गयी। और किसी के शासनकाल में इतने धूमधाम से महाराणा प्रताप जयंती मनायी गयी थी?" "और ब्राह्मणों के लिए आपने क्या किया?" पंडित जी ने पूछा। "लो कर लो बात!" मुख्यमंत्री उसी विनम्रता से बोले, "ब्राह्मणों के लिए हमने जो किया, वह किसी सरकार ने नहीं किया। हमने परशुराम जयंती को सरकारी सार्वजनिक अवकाश घोषित कर दिया। स्वतंत्रता के बाद से केन्द्र और राज्य में ज्यादातर ब्राह्मणों की ही सरकार रही। किसी भी सरकार का ध्यान इस ओर गया?" अब मुस्लिम मंत्री की बारी थी, "लेकिन मेरी कौम के लिए तो कुछ नहीं हो रहा है।" "आप यह क्या कह रहे हैं?" मुख्यमंत्री ने अपनी विनम्रता यथावत बनाए रखी, "इस साल मुख्यमंत्री आवास पर लगातार पाँच दिन तब बड़ी धूमधाम से रोज़ा-इफ्तार पार्टी आयोजित हुई। और किसी मुख्यमंत्री के समय में मुख्यमंत्री आवास पर इतने दिनों तक रोज़ा-इफ्तार पार्टियाँ हुई थीं?"

ताहू पै कछु और

चारों दोस्त इलाहाबाद में रहकर प्रतियोगी परीक्षाओं की तैयारी कर रहे थे। नाम थे उनके आनन्द, अच्युत, समीर और राघव। चारों दोस्त अलग-अलग मुहल्लों में रहते थे लेकिन शाम को चारों अक्सर कहीं न कहीं एक जगह इकट्ठा होते थे। कभी चारों में से किसी के कमरे पर, कभी किसी और जगह।

चारों में आनन्द महाकंजूस और मक्खीचूस था। सबके साथ खाने-पीने में हर जगह आगे-आगे रहता था लेकिन कभी भी अपना एक पैसा नहीं खर्च करता था। उसकी इस आदत से बाकी तीनों दोस्त परेशान रहते थे लेकिन उसके सामने संकोचवश कुछ नहीं बोल पाते थे।

उस साल अर्धकुम्भ मेला इलाहाबाद में लगा था। अच्युत, समीर और राघव ने तय किया कि आनन्द हम लोगों का बहुत पैसा खर्च कराता है। चलो इसे अर्धकुम्भ मेले में लिवा चला जाए और वहाँ परेशान किया जाए।

तीनों ने अपनी-अपनी साइकिल निकाली और पहुँच गये आनन्द के कमरे पर। समीर ने कहा, "आनन्द, आज हम लोगों ने अर्धकुम्भ मेला घूमने की योजना बनाई है। चलो चलकर वहाँ कुछ खाते-पीते हैं। तुम अपनी साइकिल मत निकालो। हम तीनों में से किसी की साइकिल पर बैठकर चले चलो।" आनन्द मान गया और तैयार होकर उन लोगों के साथ चल दिया।

तीनों मेला क्षेत्र में टहलते-घूमते एक मिठाई की दुकान पर पहुँचे। वहाँ तमाम मिठाइयाँ और नमकीन मिल रही थीं। चारों मित्रों ने साइकिल पास में थोड़ी दूर खड़ी की और दुकान में बैठकर मिठाइयाँ और नमकीन खाने लगे। अच्युत, राघव और समीर ने पहले से तय कर रखा था। पेशाब करने का बहाना या और कोई बहाना करके एक-एक करके तीनों साइकिल लेकर भाग खड़े हुए। तीनों दूर जाकर एक पान की दुकान पर खड़े हो गये। उधर काफी देर तक तीनों को न आता देखकर आनन्द परेशान हो गया और खुद भी उठकर जाने लगा। दुकानदार ने उसे पकड़ लिया,

“बिना पैसा दिए भाग रहे हो? चोट्टे कहीं के! चारों का पैसा दो, तब जाओ यहाँ से।” “उन तीनों को मैं नहीं जानता। वे लोग पता नहीं कौन थे।” आनन्द बोला। दुकानदार खिसिया गया, “अभी डंडा उठाकर चूतड़ पर दस डंडा मारूँगा। तुम उन्हीं लोगों की साइकिल पर बैठकर आए थे। उनसे हँस-बोल रहे थे। वे सब तुम्हारे दोस्त थे। तुम सबका पैसा दो, नहीं तो तुम्हें आज मारे बिना नहीं छोड़ूँगा।” दोनों में किचकिच होने लगी। अंत में समझौता इस बात पर हुआ कि आनन्द केवल उतने का भुगतान करेगा, जितना उसने खुद खाया है।

उसको पैसा देकर आनन्द गुस्से से फनफनाता हुआ चल दिया। कुछ दूर आगे जाने पर तीनों उसे पान की दुकान पर मिल गये। आनन्द लगा तीनों को गालियाँ देने। समीर ने भोलेपन से पूछा, “तुम इतने गुस्से में क्यों हो?” आनन्द चिल्लाता हुआ बोला, “तुम लोग बिना पैसे दिए दुकान से भाग आए। दुकानदार ने मुझसे बहुत झगड़ा किया।” समीर आश्चर्य व्यक्त करते हुए बोला, “लेकिन मैं तो उसे एक हजार रुपये देकर आया था। मैंने उससे कहा था कि हम चारों दोस्तों के खाने का पैसा काटकर जो बचेगा, उसे हमारे इस दोस्त को लौटा देना। कम से कम पाँच सौ तो बचा ही होगा।” “तुम सच कह रहे हो?” आनन्द ने आश्चर्य प्रकट करते हुए पूछा, “तुम लोग भी चलो मेरे साथ। मैं दुकानदार साले का बताता हूँ।” समीर बोला, “हम लोग अभी पान खा रहे हैं। तुम तब तक चलो। हम लोग भी आ रहे हैं।” आनन्द दोगुने गुस्से से दुकान की ओर चल दिया। तीनों दोस्त साइकिल उठाकर घर भाग खड़े हुए। दुकान पर पहुँचकर आनन्द दुकानदार पर चीखा, “मेरे दोस्तों ने तुम्हें एक हजार रुपये दिए थे। उसमें से वापस लौटाने के बजाय तुमने मुझसे और पैसे ले लिए?” दुकानदार एक बड़ी कड़ाही में एक मोटे डंडे से खोया औंट रहा था वही डंडा लेकर गाली देते हुए उसने आनन्द को दौड़ा लिया।

शराफ़त

नन्दगोपाल और प्रत्यूष हिन्दी के साहित्यकार थे। दोनों कहानियाँ-कविताएँ लिखते थे। दोनों की उम्र लगभग पचास साल के आसपास थी। दोनों लिखते तो खूब थे लेकिन साहित्य में अच्छे साहित्यकार के रूप में पहचान नहीं बन पा रही थी। इस बात को लेकर दोनों बहुत फिक्रमंद रहते थे। एक बाद दोनों साथ बैठकर इस पर गहन विचार-विमर्श करने लगे कि ऐसा क्या किया जाए, जिससे हम दोनों बड़े साहित्यकार के रूप में प्रसिद्ध हो जाएँ। प्रत्यूष ने सुझाव दिया, ''ऐसा करते हैं, हम दोनों एक अस्थायी साहित्यिक संस्था बनाते हैं। संस्था समय-समय पर अर्थात् कभी-कभार साहित्यिक गोष्ठियाँ आयोजित करेगी। इसके अलावा संस्था हर साल इक्यावन हजार रुपये का एक पुरस्कार दिया करेगी। पुरस्कार का नाम होगा, 'हिन्दी का सर्वश्रेष्ठ साहित्यकार पुरस्कार'। नन्दगोपाल असमंजस में पड़ गये। ''पुरस्कार देने के लिए पैसा कहाँ से आयेगा?'' ''उसके लिए परेशान होने की जरूरत नहीं है।'' प्रत्यूष ने समझाया, ''पुरस्कार शुरू में ही सिर्फ दो साल दिया जाएगा। उसके बाद पुरस्कार बंद कर दिया जाएगा। पहले साल मुझे पुरस्कार मिलेगा और दूसरे साल तुम्हें। जिसे पुरस्कार मिलेगा, वह पुरस्कार की राशि साहित सारी व्यवस्था और अन्य खर्चों का जिम्मा उठाएगा।'' नन्दगोपाल को सुझाव पसन्द आ गया।

जोर-शोर से संस्था का गठन हो गया। अखबारों में अच्छी कवरेज मिल गयी। कुछ ही महीने बाद संस्था ने पुरस्कार की भी घोषणा कर दी। इस वर्ष इक्यावन हजार रुपये का 'हिन्दी का सर्वश्रेष्ठ साहित्यकार पुरस्कार' प्रत्यूष जी को दिया जाएगा। अखबारों में भरपूर खबर छपी। दोनों मित्र गद्‌गद हो गये।

पुरस्कार वितरण की तारीख तय हो गयी। प्रत्यूष जी तैयारियों में जुट गये। अपने पैसे से एक बड़ा सभाकक्ष बुक किया। एक बहुत ही नामचीन साहित्यकार को मुख्य अतिथि और एक को अध्यक्ष बनाया गया। कार्ड भी छप गये। प्रत्यूष ने नन्दगोपाल से कहा, ''यार कार्ड तुम बाँट दो। अगर मैं खुद कार्ड बाँटूँगा तो लोग मज़ाक उड़ाएँगे।'' नन्दगोपाल तैयार हो गये।

एक दिन प्रत्यूष ने नन्दगोपाल को फिर समझाया, "अगर मैं अपने हस्ताक्षर से अपना ही चेक पुरस्कार में दूँगा तो मुख्य अतिथि और अध्यक्ष बखेड़ा खड़ा कर सकते हैं। तुम अपने हस्ताक्षर से अपना चेक दे दो। मैं बाद में तुम्हें इक्यावन हजार रुपये वापस कर दूँगा।" सारी परिस्थितियों को समझते हुए नन्दगोपाल सहमत हो गये।

पुरस्कार समारोह बहुत धूमधाम से सम्पन्न हुआ। मुख्य अतिथि, अध्यक्ष और प्रत्यूष के साथ विशिष्ट अतिथि के रूप में नन्दगोपाल भी मंच पर आसीन थे। आखिरकार वे पुरस्कार देनेवाली संस्था के अध्यक्ष थे। प्रत्यूष के बीवी-बच्चे दौड़-दौड़कर समारोह की व्यवस्था सम्भाल रहे थे। अगले दिन अखबारों में फोटो सहित बड़ा जबर्दस्त समाचार छपा। पूरे शहर में लोग एक बड़े साहित्यकार के रूप में प्रत्यूष को जान गये।

प्रत्यूष जी नन्दगोपाल जी का इक्यावन हजार रुपये नहीं लौटा रहे थे। संकोच में नन्दगोपाल जी माँग भी नहीं पा रहे थे। कई महीने हो गये। नन्दगोपाल जी का धैर्य जवाब दे गया। एक दिन प्रत्यूष जी के घर पहुँच गये, "प्रत्यूष जी आप मेरा इक्यावन हजार लौटा नहीं रहे हैं।"

"कैसा इक्यावन हजार?"

"अरे? मैंने जो पुरस्कार में आपको दिए थे।"

"आप अपनी संस्था के अध्यक्ष हैं। अपनी संस्था की ओर से आपने मुझे इक्यावन हजार का पुरस्कार दिया। अब वापस माँग रहे हैं। यह कौन सी शराफ़त है?"

मेरे ऊपर एक किताब का सवाल है

सुनीत ने हिन्दी में एम.ए. करके ही डी.फ़िल. में प्रवेश ले लिया। अध्ययन के लिए उन्होंने हिन्दी विषय को इसलिए चुना क्योंकि उनकी रुचि लेखन में थी। आलोचना और समीक्षा उनका प्रिय विषय क्षेत्र था। अब तब आलोचना पर केन्द्रित उनके लगभग दो दर्जन लेख विभिन्न पत्रिकाओं में प्रकाशित हो चुके थे।

सुनीत ने सोचा कि एक अच्छी किताब लिखने का प्रयास करूँ। पुस्तक का विषय वे नहीं तय कर पा रहे थे। उन्होंने सोचा कि कुछ साहित्यकारों से मिलूँ। साहित्य में अभी मेरी कोई पहचान नहीं है। इसी बहाने बड़े साहित्यकारों से पहचान बनेगी। उनका आशीर्वाद भी मिलेगा, साथ-साथ पुस्तक के विषय के लिए भी कोई अच्छी सलाह मिल जाएगी।

एक दिन अपने कुछ प्रकाशित लेख लेकर वे 'क' जी के पास पहुँचे। 'क' जी हिन्दी के प्रतिष्ठित कवि थे। सुनीत ने विस्तार से उन्हें अपने बारे में सब कुछ बताया। 'क' जी ने गर्मजोशी से उनका स्वागत किया। उनके दो लेखों को पढ़ा। लेखों को पढ़कर वे आश्चर्यचकित हुए, "अब तक कहाँ थे बर्खुरदार? तुम तो काफी अच्छा लिखते हो।" सुनीत ने किताब लिखने की इच्छा व्यक्त करते हुए विषय पर कुछ सुझाव माँगा। 'क' जी दन्न से बोले, "तुम मुझ पर किताब लिखो न! साहित्य में अभी तक मेरा समुचित मूल्यांकन नहीं हुआ है। तुम मेरे ऊपर ऐसी किताब लिखो कि तहलका मच जाए। लोगों को पता चले कि मैंने साहित्य को अभी तक कितना दिया है।" उनके यहाँ कुछ देर तक और बैठने के बाद सुनीत चले आए।

कुछ दिनो बाद व 'ख' जी के यहाँ गये। 'ख' जी हिन्दी के स्थापित कहानीकार थे। सुनीत ने उन्हें भी अपना पूरा परिचय दिया और अपने प्रकाशित कुछ लेख भी दिए। 'ख' जी भी सुनीत को एकदम नहीं जानते थे। उन्होंने कुछ लेखों को पढ़ा। सुनीत के लिए चाय मँगाकर बोले, "अच्छी गति है तुम्हारी गद्य में। मेहनत से लिखते रहो। बहुत आगे जाओगे।" सुनीत ने किताब लिखने की बात सुनाते

हुए उसके लिए विषय पूछा। 'ख' जी ने जोर से आवाज़ दी, ''बेटी चाय के साथ दालमोट और मिठाई भी लेती आना।'' सुनीत से मुखातिब होते हुए बोले, ''इसमें सोचने की बात क्या है? तुम मुझ पर किताब लिखो। तुम्हारी पूरी मदद करूँगा मैं। साहित्य में मुझे वह स्थान नहीं मिल पाया है, जिसका मैं हकदार हूँ। सही स्थान पाने के लिए मैं कम्युनिस्ट भी बन गया लेकिन ससुरे सारे कम्युनिस्ट स्वार्थी हैं।'' चाया-पानी करके सुनीत ने उनके ऊपर लिखने का आश्वासन दिया और चले आये।

सुनीत एक दिन 'ग' जी के यहाँ पहुँच गये। 'ग' जी हिन्दी के एक बड़े आलोचक थे। जिस-तिस की खटिया पलटते रहते थे। साहित्यकारों में उनके प्रति एक भय मिश्रित श्रद्धा थी। सुनीत को उन्होंने बहुत भाव नहीं दिया। आलोचना के क्षेत्र में वे अपने आगे किसी को कुछ समझते ही नहीं थे। सुनीत ने उनसे भी किताब लिखने की इच्छा व्यक्त करके विषय के लिए सुझाव माँगा। 'ग' जी थोड़ा सा नरम हुए। उन्होंने सुनीत के दो-तीन लेखों को बड़े ध्यान से पढ़ा। ''अच्छा लिखते हो पुत्र!'' 'ग' जी बोले, ''तुम ऐसा करो कि मेरे ऊपर एक किताब लिखो। मैं खुद उसे पर्याप्त रूप से संशोधित करके उसे बहुत अच्छी किताब बना दूँगा। कई लोगों से उस किताब की प्रशंसा लिखवा दूँगा। तुम एक बड़े लेखक बन जाओगे।'' सुनीत हाँ-हाँ करके उनका पैर छूकर चले आये।

सुनीत ने सोचा, ''साहित्य पर लिखवाने के बजाय हर व्यक्ति अपने ऊपर लिखवाने के लिए परेशान है। किसी से गुरुमंत्र लेने की आवश्यकता नहीं है। अपने विवेक से जो जी में आया करेगा, लिखा करूँगा।'

दानवीर

मकरन्द बहादुर के शहर में दस विद्यालय चलते थे। सब अंग्रेजी माध्यम के विद्यालय थे। शहर में उनके विद्यालयों की बड़ी प्रतिष्ठा थी। उनके विद्यालयों में अपने बच्चों को पढ़ाना लोग गर्व की बात समझते थे। मकरन्द बहादुर के एक-एक विद्यालय में पाँच-पाँच हजार बच्चे पढ़ते थे। इस तरह उनके विद्यालयों के छात्रों की कुल संख्या थी पचास हजार।

एक बार मकरन्द बहादुर ने अपने सभी विद्यालयों में घोषित करवा दिया कि विद्यालय की तरफ़ से गरीबों की सहायता की जाएगी। अतः दसों विद्यालयों के सभी छात्र गरीबों की सहायता के निमित्त सौ-सौ रुपये चन्दा दें। चन्दा उगाही का कार्यक्रम जोर-शोर से शुरू हुआ। कुछ ही दिनों में सारे छात्रों से चन्दा वसूल लिया गया। कुल पचास लाख रुपये चन्दे के रूप में इकट्ठे हुए।

चन्दा वसूल करके मकरन्द बहादुर ने उसे चुपचाप अपने पास रख लिया। कुछ महीनों बाद एक मई आ गयी। एक मई अर्थात् मजदूर दिवस।

मकरन्द बहादुर ने मीडिया को बुलाकर एक पत्रकार-सम्मेलन किया। उसमें उन्होंने घोषित किया कि एक मई को जो मजदूर उनके दरवाजे पर आयेगा, उसे एक-एक धोती-कुर्ता दिया जाएगा। मजदूर औरतों को एक-एक साड़ी दी जाएगी।

एक मई को मकरन्द बहादुर के दरवाजे पर भीड़ लग गयी। एक तरफ मजदूर और मजदूरिनों की भीड़ जमा थी, दूसरी ओर मीडिया के लोग कैमरे लेकर डटे हुए थे—कार्यक्रम को कवर करने के लिए। ठीक दस बजे धोती-कुर्ता और साड़ियाँ बाँटने का कार्यक्रम शुरू हुआ। कैमरों के फ्लैश चमकने लगे। इलेक्ट्रानिक मीडिया वाले अलग उचक रहे थे।

छात्रों से जो चन्दा वसूला गया था, उसी से यह सारा दान-पुण्य हो रहा था लेकिन मकरन्द बहादुर ने न तो एक बार विद्यालयों का नाम लिया, न छात्रों का। वे ऐसा प्रदर्शित कर रहे थे,जैसे यह सब कुछ वे अपने पैसों से कर रहे हों।

मीडिया के माध्यम से अगले दिन मकरन्द बहादुर पूरे शहर में दानवीर के रूप में छाए हुए थे।

कर्मफल कथा

जीवात्मा 'प' और जीवात्मा 'फ' एक ही गाँव में पैदा हुए। जीवात्मा 'प' जीवात्मा 'फ' पर बहुत अत्याचार करता था। समय बीतने पर दोनों ने शरीर त्याग दिया और पुनः जीवात्मा के रूप में आ गये।

'जीवात्मा' 'प' ने शरीर धारण करने पर शरीरधारी जीवात्मा 'फ' पर बहुत अत्याचार किया था। अतः कर्मफल यह बना कि अगले दो जन्मों तक जीवात्मा 'फ' जीवात्मा 'प' को दंडिता करेगा या कि अपने ऊपर किए गये अत्याचार का बदला लेगा।

जीवात्मा 'प' और 'फ' दोनों ने फिर एक ही गाँव में शरीर धारण करके जन्म लिया। अंग्रेजी राज था। 'फ' गाँव के जमींदार ठाकुर साहब के यहाँ पैदा हुआ। 'प' एक हरिजन परिवार में पैदा हुआ। 'प' का शरीर युवावस्था में पहुँचा तो वह 'फ' के यहाँ काम करने लगा। 'फ' बात-बात में 'प' को दंडित करता। 'प' जीवनभर कष्ट उठाकर 'फ' की सेवा करता रहा। अंततः शरीर वृद्ध हो जाने पर दोनों जीवात्माओं ने शरीर त्याग दिया। जीवात्मा 'फ' पहले गया। जीवात्मा 'प' कुछ वर्षों बाद विदा हुआ।

अंग्रेजों से भारत देश को आजाद हुए पचास साल हो गये। देश में नयी राजनैतिक चेतना का जन्म हो रहा था। देश में ऊँच-नीच का भेद समाप्त हो रहा था। लोग अपने अधिकारों के प्रति सजग हो रहे थे।

पिछले जन्म में जीवात्मा 'फ' जिस परिवार में पैदा हुआ था, उसी परिवार में इस जन्म में जीवात्मा 'प' जीवात्मा 'फ' के पौत्र के रूप में पैदा हुआ। जीवात्मा 'फ' जीवात्मा 'प' के पौत्र के रूप में पैदा हुआ। बड़े होने पर 'फ' जीवात्मा का शरीर अपने बड़ों से इस बात के खूब किस्से सुनता था कि उसके बाबा को 'प' का बाबा बहुत सताता था। उन किस्सों को सुन-सुनकर 'फ' का खून खौल जाता था। अबकी बार 'फ' हरिजन परिवार में पैदा हुआ था जबकि 'प' ठाकुर परिवार में पैदा हुआ था।

'फ' खूब मेहनत से पढ़ाई-लिखाई कर रहा था। उसके मन में बस एक ही धुन थी। अपने बाबा पर हुए अत्याचार का बदला लेना है। 'प' अपने परिवार के साथ खेती-बाड़ी में ही मस्त था। 'फ' पढ़ने में भी ठीक था, ऊपर से अनुसूचित जाति को मिलने वाले आरक्षण का भी फायदा मिल गया। वह बहुत बड़ा अधिकारी बन गया।

'प' अपने खानदान में हुई एक हत्या के मामले में फँस गया। हत्या में उसका भी हाथ था। 'फ' पूरी ताकत से 'प' के पीछे पड़ गया। 'प' जेल चला गया। 'फ' ने उसकी जमानत नहीं होने दी। वह जेल में ही पड़ा रह गया। 'प' को हत्या के आरोप में आजीवन कारावास की सजा हो गयी। फिर क्या था। उसका पूरा जीवन जेल में ही बीता।

डीजल

ग्राम प्रधान बनते ही रामजियावन ने एक नयी जीप खरीदी। जीप दरवाजे पर खड़ी हुई, दरवाजे की शोभा बढ़ गयी।

रामजियावन के बेटे की शादी कुछ दिनों बाद पड़ी। गाँव के लोगों में बारात में जाने की होड़ थी। आखिर गाँव के नये प्रधान की बात थी। रामजियावन ने सबके लिए वाहन की व्यवस्था की। वे किसी को शिकायत का मौका नहीं देना चाहते थे।

प्रधान की नयी जीप में ड्राइवर को छोड़कर कुल बारह बाराती बैठ गये। ज्यादातर गाँव के सम्मानित लोग थे। किसी को उतारते नहीं बन रहा था।

बारात चल दी। जीप भी फर्राटा भरते हुए चल दी। जीप काफी दूर निकल गयी। अचानक एक जगह वह रुक गयी।

हड़बड़ी में ड्राइवर जीप में डीजल भरवाना ही भूल गया था। जीप में जितना डीजल पहले से था; उतने डीजल से जिनती दूर तक जीप चल सकती थी, चली। ऐसी जगह जीप रुकी, जहाँ दूर-दूर तक सिर्फ खेत दिखाई दे रहे थे। न कोई बस्ती, न कोई ऐसी चीज जहाँ से डीजल मिल सके। ड्राइवर ने सारे बारातियों को बताया कि जीप में डीजल खत्म हो गया है। सारे बाराती परेशान को उठे। सब जीप से उतर कर इधर-उधर देखने लगे।

सारे लोग दिमाग लड़ाने लगे कि डीजल की व्यवस्था कैसे हो। वहीं खेत में एक चालीस साल का किसान काम कर रहा था। एक बाराती ने उससे पूछा, ‘‘भाई साहब यहाँ आस-पास कहीं डीजल मिल सकता है? हमारी गाड़ी में डीजल खत्म हो गया है।’’ किसान मुस्कराते हुए बोला, ‘‘आप इतने सारे लोग हैं। सब लोग डीजल की टंकी में पेशाब कर दीजिए। डीजल की टंकी भर जाएगी। ड्राइवर ने पलटकर उस किसान से कहा, ‘‘भाई साहब, आप की आ जाइए। हम लोगों में से कोई आदमी डीजल नहीं मूतता।’’

त्वदीयं वस्तु गोविन्द

शाम को नीरद श्यामल के यहाँ पहुँचा। दोनों अच्छे मित्र थे। आज नीरद साभिप्राय श्यामल के यहाँ आया था। उस पर रौब गाँठकर अपनी तारीफ़ सुननी थी उसे। उसने श्यामल से कहा, ''जानते हो, आज मैंने एक बहुत बड़ा काम किया।'' ''क्या?'' श्यामल ने पूछा। नीरद की छाती गजभर चौड़ी हो गयी, ''आज मन्दिर में मैंने भगवान को दस हजार रुपये चढ़ाए।''

''बधाई हो भाई, बधाई हो! आज मुझे यह जानकर बड़ी प्रसन्नता हुई कि पैदा होते समय तुम दस हजार रुपये साथ लेकर पैदा हुए थे।'' श्यामल ने कहा। ''क्या मतलब?'' नीरद ने भौंहें सिकोड़ते हुए पूछा। श्यामल बोला, ''मैंने तो यही सुना है कि व्यक्ति जब पैदा होता है तो वह सिर्फ अपने कर्मफलों के समूह को साथ लेकर पैदा होता है। मुझे नहीं पता था कि मेरा मित्र कर्मफलों के अलावा साथ में दस हजार रुपये भी लेकर पैदा हुआ था?'' नीरद को लगा यह तारीफ़ में फच्चर लगा रहा है, ''साफ-साफ बताओ तुम क्या कहना चाह रहे हो?'' श्यामल ने कहा, ''इस संसार में जो कुछ भी है, वह भगवान का है। संसार में जो भी भौतिक चीजें हैं, व्यक्ति उन्हें भगवान से लेता ही है, देता नहीं। तुमने भगवान को दस हजार रुपये दान दिये; मतलब तुमने दस हजार रुपये इस संसार से नहीं लिये, पहले से लेकर आये थे। अगर तुम दस हजार रुपये पहले से लेकर नहीं आए थे तो तुमने दस हजार इस संसार से ही लिया। ऐसे में तुमने भगवान की ही चीज भगवान को दे दी। अपनी तरफ भगवान को तुमने कहाँ कुछ दिया?''

वर्ण व्यवस्था

जिलाधिकारी सुयश सोनकर अपनी कुर्सी पर बैठे फाइलें देख रहे थे। बहुत कड़क अधिकारी थे वे। सवर्ण जाति के लोगों से उन्हें बड़ी चिढ़ थी। तब तक उनके ऑफिस में चपरासी अवधेश त्रिपाठी किसी काम से उनके कमरे में आया। सुयश ने उससे कहा, ''ऐ सुन! जल्दी से एक गिलास पानी लेकर आ!'' उन्हें प्यास नहीं लगी थी। अवधेश को ब्राह्मण जानकर उन्होंने केवल चिढ़वश उससे पानी मँगाया।

अवधेश जल्दी से तश्तरी में एक गिलास पानी लेकर बड़े सम्मानपूर्वक उनके पास पहुँच गया। सुयश ने तश्तरी में से गिलास उठा लिया। उन्होंने एक घूँट पानी पिया। मुस्कराकर अवधेश की ओर देखा, ''क्यों पंडित? तुम्हारे पूर्वजों ने हमारे पूर्वजों पर बहुत अत्याचार किया था। तुम्हारे पूर्वजों के सामने हमारे पूर्वज चारपाई पर नहीं बैठ सकते थे। समय देखो! आज तुम मुझे पानी पिलाने की नौकरी कर रहे हो।'' अवधेश बोला, ''सरकार बुरा न मानें तो एक बात कहूँ। पहले देश में दूसरे तरह की वर्ण व्यवस्था थी, आज दूसरे तरह की वर्ण व्यवस्था है। पहले चार वर्ण होते थे—ब्राह्मण, क्षत्रिय, वैश्य और शूद्र। शूद्र को यह अधिकार नहीं था कि वह ब्राह्मण और क्षत्रिय के सामने चारपाई पर बैठ सके। आज के समय में वर्णव्यवस्था बदल गई है। अब भी वर्ण तो चार ही हैं लेकिन वे बदल गए हैं। आज के चार वर्ण हैं—प्रथम श्रेणी अधिकारी, द्वितीय श्रेणी अधिकारी, तृतीय श्रेणी कर्मचारी और चतुर्थ श्रेणी कर्मचारी। आज का चलन यह है कि प्रथम श्रेणी अधिकारी और द्वितीय श्रेणी अधिकारी के सामने चतुर्थ श्रेणी का कर्मचारी कुर्सी पर बैठने की हिम्मत नहीं करता।''

आप

सूर्य प्रताप सिंह मूल रूप से गाँव के रहने वाले थे, उम्र थी पैंतालीस साल। वे एक जमींदार परिवार से थे। पूरी तरह सामन्ती संस्कारों में पले-बढ़े।

पढ़ने-लिखने में बहुत अच्छे थे। उसी का परिणाम था कि एक बहुत बड़ी कम्पनी में उन्हें अच्छे पद पर नौकरी मिल गयी। बड़ी कम्पनी में नौकरी करते-करते वे काफी बदल गये थे। विचारों में काफी आधुनिक हो गये थे। फिर भी बचपन से मिले संस्कार कभी-कभी सिर उठा ही लेते थे।

कम्पनी में उनके अधीन एक नयी कर्मचारी ने कार्यभार ग्रहण किया। नाम था कामना। कामना की उम्र पचीस साल थी। सूर्य प्रताप और कामना के बीच उम्र का काफी अन्तर था। सीधे-सीधे बीस साल का। फिर भी कामना ने सूर्य प्रताप में न जाने क्या देखा कि वह उन पर मर मिटी। उसे सूर्य प्रताप से प्यार हो गया। कामना काफी सुन्दर और स्मार्ट थी। उसके प्यार के अनुरोध को सूर्य प्रताप ठुकरा नहीं पाये। यद्यपि वे शादीशुदा थे और उनके दो बच्चे भी थे।

सूर्य प्रताप ने कामना से साफ-साफ बता दिया कि वे शादीशुदा हैं और उनके दो बच्चे हैं। कामना ने भी उनसे स्पष्ट कह दिया, ''मुझे आपसे शादी नहीं करनी है। मुझे तो बस आपसे प्यार हो गया है।''

दोनों में नज़दीकी बढ़ने लगी। दोनों साथ-साथ घूमने लगे। होटलों में साथ-साथ खाना खाने लगे। मोबाइल पर प्यार भरी बातें करने लगे। अंतरंगता ज्यादा बढ़ गयी तो कामना सूर्य प्रताप को 'आप' के बाजय 'तुम' कहने लगी।

कामना का 'तुम' कहना सूर्य प्रताप को नागवार गुजर जाता। उसके 'तुम' कहने से उनके आत्मसम्मान और स्वाभिमान को ठेस लग जाती थी। 'तुम' का यह असर हुआ कि वे कामना से कटने लगे। जान चली जाए लेकिन आत्मसम्मान और स्वाभिमान पर आँच नहीं आनी चाहिए।

शुरू में तो कामना ने ध्यान नहीं दिया लेकिन जब सूर्य प्रताप उससे एकदम भागने लगे तो वह परेशान हो गयी। उसकी समझ में नहीं आया कि एकाएक क्या हो गया। वह सूर्य प्रताप के साथ एकान्त तलाशती फिरती। सूर्य प्रताप उससे भगाते फिरते।

एक दिन उसने सूर्य प्रताप को एकांत में पकड़ ही लिया वह फूट-फूटकर रोने लगी, ''आखिर मुझसे ऐसी कौन सी गलती हो गयी कि आप मुझसे अचानक दूर हो गये? मेरा अपराध तो मुझे बता दीजिए। मैं आपके बिना नहीं रह सकती।'' कामना के मुँह से अपने लिए 'आप' सम्बोधन सुनकर उन्हें लगा जैसे किसी ने उनके घाव पर मरहम लगा दिया है। उन्होंने कामना को सीने से लगा लिया, ''अरे पगली कौन कहता है कि मैं तुमसे दूर हूँ। चलो कहीं चलते हैं और एकांत में बैठकर बातें करते हैं।''

बच्चों का प्रश्न

शहर में अंगरेजी माध्यम का लड़कियों का विद्यालय। अधिकांश बच्चे विद्यालय आ चुके थे। विद्यालय शुरू होने में अभी पन्द्रह-बीस मिनट का समय था। अपनी कक्षाओं में बैठकर लड़कियाँ गपशप कर रही थीं।

वह पहली कक्षा थी। कक्षा में वान्या, तन्वी, श्रद्धा, शिखा आदि बच्चियाँ बैठकर घंटी बजने का इन्तज़ार कर रही थीं। आपस में पटर-पटर भी कर रही थीं। अचानक कक्षा में बस्ता लेकर श्रुति ने रोते हुए प्रवेश किया। वान्या, तन्वी, श्रद्धा और शिखा ने उसे घेर लिया। तन्वी ने पूछा, "तुम रो क्यों रही हो?" "आज मेरी मम्मी ने मुझे बहुत मारा।" श्रुति ने रोते हुए जवाब दिया। वान्या ताव खा गयी, "मम्मी-पापा लोग भी न...। तुम्हारी मम्मी को जब तुम्हें इतना मारना-पीटना था तो वे तुम्हें अस्पताल से खरीदकर लाई क्यों थीं?" "तन्वी वान्या का मुँह देखने लगी, "हम लोग अस्पताल से मम्मी-पापा को मिलते हैं क्या?" "और क्या?" वान्या उसी तरह ताव में बताने लगी, "हम लोग अस्पताल में मिलते हैं और बहुत ज्यादा पैसे के मिलते हैं। वहीं से तो हम लोगों के मम्मी-पापा हम लोगों को खरीदकर लाये हैं। जो लोग बच्चों को मारते-पीटते हैं, पता नहीं वे लोग क्यों अस्पताल जाते हैं बच्चे खरीदने। लोग अस्पताल जाते हैं और बहुत माँगते हैं, तब डॉक्टर लोग किसी को बच्चा देते हैं। अभी मेरे पड़ोसवाली आंटी ढेर सारा पैसा लेकर अस्पताल गयी थीं। डॉक्टर लोग उनसे किस बात पर नाराज़ हो गये। उन्होंने बच्चा देने से मना कर दिया। आंटी पाँच दिन तक अस्पताल में ही रुकी रहीं। पाँच दिन बाद डॉक्टर ने जब पैसा लेकर उन्हें बच्चा दिया, तब वे घर लौटीं। बच्चे को लेकर..." तन्वी रुआँसी हो गयी, "मेरी मम्मी भी मुझे कभी-कभी मारती हैं।" वान्या तैश में बोली, "आज घर जाना तो उनसे पूछना, मम्मी जब तुम्हें मारना-पीटना ही था तो क्यों मुझे लाई थी अस्पताल से खरीदकर?"

शीशे के घर से वार

कवि जी के घर के दाहिनी तरफ़ निखिल का घर था और बाईं तरफ़ जय का घर था। निखिल से कवि जी की बहुत पटती थी। जय कवि जी से बहुत चिढ़ते थे अकरण! एक दिन शाम को कवि जी निखिल के घर पर बैठे थे। दोनों पड़ोसी गप्पें लड़ा रहे थे। साथ में चाय-नाश्ता भी हो रहा था। तभी जय भी वहाँ आ गये। वे भी बैठ गये। महफिल दो से तीन लोगों की हो गयी।

गप्पेबाजी हो रही थी। अचानक जय ने बात कविताओं की ओर मोड़ दी। हालांकि वे बात सारे कवियों की कर रहे थे लेकिन निशाने पर कवि जी ही थे। उन्होंने पहला गोला दागा, ''आज समय कितना बदल गया है। समाज में अब कवियों की कोई इज़्ज़त नहीं रह गई है। फटीचर की तरह कन्धे पर झोला लटकाए, दाढ़ी बढ़ाए इधर से उधर घूमते रहते हैं। कोई उन्हें भाव नहीं देता।'' कवि जी एकदम से चुप हो गये। उन्हें जय की बात अच्छी नहीं लगी। निखिल भी असहज हो गये। आखिर वे मेजबान थे। स्पष्ट समझ में आ रहा था कि जय कवि जी को निशाना बना रहे हैं। जय फिर बोले, ''कभी-कभी कवियों को कवि-सम्मेलन में बुला लिया जाता है और उनकी कविताओं पर लोग झूठमूठ में वाह-वाह कर देते हैं। कभी-कभी किसी सभा या गोष्ठी में उन्हें बुलाकर भाषण देने को कह दिया जाता है। बस कुल मिलाकर समाज में कवियों की इज़्ज़त इतनी ही है।'' कवि जी तिलमिलाकर रह गये। वे किसी दूसरे के घर में जय से उलझना नहीं चाह रहे थे। निखिल भी कसमसाकर रह गये। जय उनके घर में बैठे हुए थे। वे उनको उठ कर जाने के लिए भी नहीं कह सकते थे। दूसरी तरफ़ कवि जी की भी इज़्ज़त का सवाल था।

जय फिर शुरू हो गये, ''कवियों का कभी-कभी सम्मान हो जाता है। जब सरकार या कोई बड़ी संस्था उन्हें पुरस्कार देकर सम्मानित करती है। वैसे इससे होता क्या है? यह तो एक औपचारिकता भर होती है जैसे साल में एक बार पितृपक्ष में लोग कौवों को भी कढ़ी-भात खिला देते हैं।''

कवि जी का धैर्य जवाब दे गया। वे निखिल की ओर मुँह करके बोले, ‘‘निखिल जी, भाई जय सोलहों आने सही कह रहे हैं। आज के समाज में कवियों को कोई इज़्ज़त नहीं है। आज के समाज में केवल उनकी इज़्ज़त है, जिनके बेटे अपने घर में काम करनेवाली महरी की बेटी को भगा ले जाते हैं।’’

जय का बेटा साल भर पहले अपने घर में काम करनेवाली महरी की बेटी को भगा ले गया था और अभी तक लापता था।

जलवा

मामला नाम के एकदम उलट था। उसका नाम तो था मोहिनी लेकिन महाविद्यालय में लड़के उसकी तरफ ध्यान ही नहीं देते थे। मोहिनी देखती थी कि महाविद्यालय में ऐसी बहुत सी लड़कियाँ हैं, जिनसे दोस्ती करने के लिए लड़के परेशान रहते हैं। तमाम लड़कियों के पीछे तो पूरे महाविद्यालय के लड़के दीवाने हैं। उसकी तरफ़ लड़के देखते तक नहीं थे।

इस बात को लेकर मोहिनी बहुत कुंठित रहती थी। महाविद्यालय के लड़के मेरी तरफ क्यों ध्यान नहीं देते?

महाविद्यालय में कुल मिलाकर एक लड़का था जो कभी-कभी उसकी ओर देखने लगता था। वह भी चाहत भरी नज़रों से। लड़के का नाम था ज्योतित। मोहिनी की कक्षा में ही पढ़ता था। बहुत ही संकोची लड़का था। चाहकर भी कभी मोहिनी से बात नहीं कर पाता था।

मोहिनी ने ध्यान दिया कि एक लड़का तो है, ज्योतित! यह शायद मेरे काम आ जाए। एक दिन ज्योतित अकेले खड़ा था। मोहिनी ने देखा तो पहुँच गयी उसके पास। मोहिनी ने उससे पूछा, "कहो कैसे हो?" मोहिनी को खुद पहल करते देख ज्योतित की हिम्मत बढ़ी, "मैं बहुत अच्छा हूँ। तुम कैसी हो?" "मैं भी बहुत अच्छी हूँ। तुम मुझसे कभी बात क्यों नहीं करते?" मोहिनी बोली। ज्योतित मुस्कराकर बोला, "मेरा तो तुमसे बात करने का बहुत मन करता है लेकिन मेरी हिम्मत ही नहीं पड़ती। तुम मुझे बहुत अच्छी लगती हो, सच कहूँ तो...सच कहूँ तो, मैं तुम्हें प्यार करता हूँ।" मोहिनी ने ज्योतित को खींचकर एक झापड़ मारा, "बदतमीज़ कहीं के। मेरे साथ छेड़खानी कर रहो हो। कह रहे हो मैं तुम्हें प्यार करता हूँ। मोहिनी चप्पल उतारकर ज्योतित को पीटने लगी। साथ में जोर-जोर से चिल्ला भी रही थी, "छेड़खानी करते हो...छेड़खानी करते हो...छेड़खानी करते हो...."

लड़कों और लड़कियों की भीड़ इकट्ठा हो गयी। ज्योतित को पकड़कर सब प्राचार्य कक्ष की ओर लेकर चल दिए। प्राचार्य ने इतनी भीड़ देखी तो माज़रा जानना चाहा। मोहिनी बोली, ''सर यह मेरे साथ छेड़खानी कर रहा था। कह रहा था कि मैं तुम्हें प्यार करता हूँ।'' प्राचार्य ने ज्योतित को बुरी तरह लताड़ना शुरू किया। ज्योतित निहायती संकोची लड़का! उसकी तो बोलती एकदम से बंद हो गयी।

प्राचार्य ने मोहिनी को सब कुछ लिखित में देने को कहा। मोहिनी ने ज्योतित के खिलाफ लम्बा खर्रा लिखकर दे दिया।

छेड़खानी के आरोप में ज्योतित को महाविद्यालय से निकाल दिया गया। अब महाविद्यालय के सारे लड़के उसे देखने लगते थे, यद्यपि सब डरते थे कि बहुत तेज-तर्रार लड़की है। महाविद्यालय की सारी लड़कियाँ भी उससे दोस्ती करने के लिए उतावली थीं।

मोहिनी अब बहुत खुश थी और अपने प्रति गर्व के भाव से भर उठी थी।

पेट में घुसकर निकलने की तरकीब

लड़के और लड़की में दस साल से प्रेम-प्रसंग चल रहा था। दोनों एम.ए. में पहुँच गये। यहाँ दोनों बिछुड़ गये। जिस विश्वविद्यालय में लड़की ने प्रवेश लिया, उस विश्वविद्यालय में लड़के का प्रवेश नहीं हो पाया। मजबूरन उसने अन्य जिले में जाकर दूसरे विद्यालय में प्रवेश लिया। चूँकि दोनों ने साथ-साथ जीने-मरने की कसमें खाई थीं और आपस में शादी का भी वादा किया था, अतः दोनों मोबाइल फोन से हमेशा एक-दूसरे से जुड़े रहते थे।

अलग हुए साल भर हो गया। लड़की की आँखें अपने ही विद्यालय के दूसरे लड़के से लड़ गयीं। अब वह अपने पूर्व प्रेमी से कटने लगी। फोन पर उससे बात करने में भी उसकी आवाज़ में गर्मजोशी नहीं रह गयी। अपनी तरफ़ से उसने फोन करना बंद कर दिया।

पूर्व प्रेमी को शक हो गया। वह लड़की के शहर पहुँचा और एक होटल में रुककर उसकी जासूसी करने लगा। उसने देखा कि वह किसी और की बाँहों में बाँहें डाले घूम रही है, दूसरे के साथ इश्क फरमा रही है। उसने लड़की से मिलकर उसे डाँटा और अपने साथ शादी करने के लिए दबाव डाला। लड़की साफ मुकर गयी। एक दिन लड़की पैदल जा रही थी। पूर्व प्रेमी मुँह पर कपड़ा लपेटकर पीछे से पहुँचा और लड़की की पीठ पर ढेर सारा तेजाब फेंक दिया। लड़की काफी झुलस गयी।

लड़का गिरफ्तार हो गया। लड़की को अस्पताल में भर्ती कराया गया। विश्वविद्यालय के लड़के और लड़कियाँ सड़क पर उतर आये। जिला प्रशासन मुर्दाबाद! पुलिस प्रशासन मुर्दाबाद! शहर के बहुत सारे संगठन, खासकर महिला संगठन भी समर्थन में मैदान में आ डटे। चारों तरफ जिला प्रशासन और पुलिस प्रशासन को गालियाँ दी जा रही थीं। मीडियावाले भी समर्थन में इन प्रदर्शनों को खूब कवरेज दे रहे थे। महिलाओं की सुरक्षा की प्रशासन को कोई परवाह नहीं है। हफ्तों प्रशासन के खिलाफ प्रदर्शन चलते रहे। पूरा जिला प्रशासन हलकान रहा।

कुछ दिन बाद एक दूसरी घटना घटी। एक लड़का और लड़की काफी दिनों से एक-दूसरे से प्रेम कर रहे थे। लड़की की एक सहेली मध्यस्थ की भूमिका निभाते हुए दोनों के प्रेम में सहयोग दे रही थी। कुछ दिनों बाद प्रेमिका की उस सहेली से ही लड़के का चक्कर चालू हो गया। दोनों में बहुत प्रेम बढ़ गया। पूर्व प्रेमिका आपा खो बैठी। एक दिन वह स्कूटी लेकर यमुना-पुल पर पहुँची। स्कूटी पुल पर खड़ी करके उसने यमुना में छलाँग लगा दी। उसे गोताखोरों ने किसी तरह नदी से निकाल लिया लेकिन उसकी मौत हो गयी।

अगले दिन पूरी प्रेमकथा सारे अखबारों में छप गयी। फिर सारे संगठन सड़क पर आ गये। जिला प्रशासन मुर्दाबाद! पुलिस प्रशासन मुर्दाबाद! चारों तरफ़ सड़कों पर जुलूस का आलम। मीडिया फिर साथ आ डटा। प्रशासन लड़कियों की सुरक्षा नहीं कर पा रहा है। फिर हफ्तों आन्दोलन चलता रहा। प्रशासन की ऐसी-तैसी होती रही।

कुछ दिनों बाद फिर एक प्रेमी-प्रेमिका में तनातनी हो गयी। प्रेमी ने बीच सड़क पर प्रेमिका पर पेट्रोल फेंक दिया और उसे जलाने का प्रयास किया। फिर पूरा शहर आन्दोलनों से अस्त-व्यस्त हो गया। जिला प्रशासन मुर्दाबाद! पुलिस प्रशासन मुर्दाबाद!

इस स्थिति से निबटने के लिए मंडलायुक्त ने जिले के सारे बड़े अधिकारियों की एक मीटिंग बुलाई। सारे अधिकारी पहुँचे। मीटिंग में सबसे पहले एक उपपुलिस अधीक्षक ने अपनी बात रखी, "सर शहर के जिस भी पार्क में देखिए, प्रेमी-प्रेमिकाएँ जोड़ा बनाए बैठे रहते हैं। सिविल लाइन्स में देखिए तो मोटर साइकिल से अनगिनत प्रेमी-प्रेमिकाएँ फर्राटा भरते रहते हैं। प्रेमी मोटरसाइकिल चलाता रहेगा और प्रेमिका उससे बुरी तरह चिपटी हुई पीछे बैठी रहेगी। शहर में जितनी पुलिस नहीं है, उससे ज्यादा प्रेमी-प्रमिका हैं। बहुत जगह तो प्रेमी-प्रेमिकाएँ अश्लील हरकतें भी करते रहते हैं। उनके बीच में अगर पुलिस कुछ बोल दे तो सारा दोष पुलिस पर ही आ जाता है। आखिर हम क्या करें?" जिलाधिकारी ने कहा, "पुलिसवालों की एक बहुत बड़ी टीम बनाई जाए। पुलिस की यह टीम प्रेमी-प्रेमिकाओं से उलझे न। पार्कों में, सड़कों पर एक-एक पुलिस वाला एक-एक प्रेमी जोड़े से मिले। वह उनसे पूछे कि आप दोनों के बीच सब कुछ ठीक-ठाक चल रहा है न? कोई आपस में दूसरे से नाराज़ तो नहीं है? कोई नदी में छलाँग लगाने अथवा जहर पीने अथवा फाँसी

पर लटकने की फ़िराक में तो नहीं है? दोनों में से कोई दूसरे पर तेजाब या पेट्रोल फेंकने की तो योजना नहीं बना रहा है?'' वरिष्ठ पुलिस अधीक्षक ने आपत्ति की, ''पुरुष पुलिसकर्मी अगर प्रेमी-प्रेमिकाओं से यह सब पूछेंगे तो उन पर छेड़खानी का आरोप लग सकता है।'' जिलाधिकारी ने कहा, ''तो ठीक है! महिला पुलिसकर्मियों की एक बड़ी सी टीम बना दी जाए।''

हिस्सा

आडिट विभाग की एक टीम समय मंत्री जी के सामने बैठी थी। वह प्रयाग में सम्पन्न हुए कुम्भ मेले का हिसाब-किताब उन्हें दिखा रही थी। केवल उनके विभाग से सम्बन्धित हिसाब-किताब! टीम के सबसे वरिष्ठ सदस्य ने कहा, ''सर, पांटून पुल बनाने और चकर्ड प्लेटें बिछाने के कुल पचास करोड़ का घोटाला हुआ।'' उनकी बात सुनकर मंत्री जी एकदम आग-बबूला हो गये। उन्होंने तुरन्त विभाग के सचिव को तलब किया। सचिव महोदय थोड़ी देर में पहुँच गये। मंत्री जी उनके ऊपर भड़क उठे, ''आप तो कह रहे थे कि कुम्भ मेले में पांटून पुल और चकर्ड प्लेटें बिछाने में तीस करोड़ का हेर-फेर हुआ है। मुझे हिस्सा भी तीस करोड़ में से ही मिला। ए.जी. की टीम समाने बैठी हुई है। यह कह रही है कि पचास करोड़ का हेरफेर हुआ है। बाकी के बीस करोड़ कहाँ गये। उसमें भी मेरा हिस्सा दिलवाओ, नहीं तो किसी न किसी बहाने मैं तुम्हें निलंबित करवा दूँगा।''

ए.जी. की टीम भौंचक रह गयी। कहाँ तो वह शिकायत करने आयी थी और कहाँ उसके सामने ही हिस्से की बात होने लगी। सचिव सफाई देने लगे, ''सर, बिजली विभाग के मंत्री ने कहा कि इसमें मेरा भी हिस्सा बनता है। तीस करोड़ में आपका हिस्सा दिया और बीस करोड़ में उनको हिस्सा दिया गया।'' मंत्री जी बिगड़ गये, ''मेरे विभाग के बजट में उनका हिस्सा कैसे बन गया। बिजली विभाग को तो वैसे ही भारी-भरकम राशि आबंटित की गयी थी। वे अपने में भी खायेंगे और मेरे में भी खायेंगे?'' सचिव ने बात को सम्भालने की कोशिश की, ''सर आप परेशान मत होइए। बिजली विभाग के बजट में जो हेरफेर हुआ है, उसके बीस करोड़ में से आपको हिस्सा दिलवा देते हैं।'' ''ऐसे हिस्सा दिलवाने की बात कर रहे हो जैसे ऊपर एहसान करोगे?'' मंत्री जी उसी स्वर में बोले, ''ये तो अच्छा हुआ बेचारे ए.जी. वाले आ गये अन्यथा बीस करोड़ तो तुम लोग आपस में ही बाँटकर खा गये होते। जाओ यहो से।''

ए.जी. ऑफिस के सबसे वरिष्ठ सदस्य ने नाराज़ होते हुए कहा, ''हम तो आपके पास शिकायत लेकर आये थे कि आप अपने विभाग के दागी अधिकारियों पर कार्रवाई करें...आपकी बातें सुनकर हमें बड़ा धक्का लगा। अब हम अपने स्तर से आप लोगों के खिलाफ़ कार्रवाई करेंगे।'' मंत्री जी ने उन्हे आँखें दिखाते हुए कहा, ''क्या कर लेगा बे? तू शासन से टकराएगा? सीधे से पेश आओगे तो तुम लोगों को भी अपना हिस्सा मिल जाएगा। ज्यादा उड़ने की कोशिश करोगे तो अंजाम बहुत बुरा होगा। तुम हम लोगों के खिलाफ़ कोई कार्रवाई करने की कोशिश करोगे तो तुम्हें अपने बेटे की लाश किसी गटर में पड़ी हुई मिलेगी और तुम हमारा कुछ भी नहीं बिगाड़ पाओगे।''

ए.जी. टीम के सारे सदस्यों को मंत्री जी की बात सुनकर साँप सूँघ गया।

चुनावी सर्वेक्षण

प्रोफेसर साहब बड़ी सोचपूर्ण मुद्रा में बैठे थे। अभी-अभी समाचारपत्र में उन्होंने पाँच महीने बाद देश में होने वाले आम चुनाव की सर्वेक्षण रिपोर्ट पढ़ी। वे सोच रहे थे कि विभिन्न पत्रिकाओं और समाचारपत्रों में अक्सर चुनावों का सर्वेक्षण छपता रहता है कि अगर अभी देश या प्रदेश में चुनाव हो जाए तो फलाँ पार्टी को इतनी सीटें मिलेगी, ढेमाका पार्टी को इतनी सीटें मिलेंगी आदि-आदि। सभी समाचारपत्र और पत्रिकाएँ यह भी दावा करते हैं, प्रत्येक लोकसभा या विधानसभा क्षेत्र की जनता के एक बहुत बड़े वर्ग से मिलकर यह सर्वेक्षण किया गया है। क्या बात है कि कोई सर्वेक्षण करने वाला आज तक मुझसे नहीं टकराया? क्या सर्वेक्षण करने वाले मुझे इस लायक नहीं समझते कि देश की राजनीति या उसकी दिशा-दशा के बारे में मुझसे पूछें?

अब प्रोफेसर साहब अपने अगल तरह के सर्वेक्षण में जुट गये। मिलने वाले अपने हर परिचित से वे यह सवाल जरूर पूछते कि चुनावी सर्वेक्षण करने वाली किसी भी टीम के लोग आपसे जीवन में कभी मिले हैं? आप किसको वोट देंगे या नहीं देंगे इत्यादि कोई सवाल आपसे पूछ है? हर व्यक्ति उन्हें यही जवाब देता कि आज तक कभी कोई चुनाव सर्वेक्षण करने वाला मुझसे नहीं मिला है।

प्रोफेसर साहब ने अपने सर्वेक्षण का दायरा बढ़ा दिया। अब वे अपरिचितों से भी वह सब सवाल पूछने लगे। किसी अपरिचित ने भी यह बात नहीं स्वीकार की कि कभी कोई चुनाव सर्वेक्षण करने वाला उससे मिला है।

प्रोफेसर साहब ने यह सर्वेक्षण अपनी कक्षाओं में भी शुरू कर दिया। वे कक्षा के लड़कों और लड़कियों से भी वही सवाल पूछने लगे। विश्वविद्यालय के छात्र-छात्राएँ बालिग थे और वे चुनाव में मतदान भी करते थे। कभी कोई चुनावी सर्वेक्षण करने वाला मिला है? किसी अखबार या पत्रिका वाले ने कभी पूछा है कि आप

चुनाव में अपना मत किसे देंगे? यहाँ भी उन्हें निराशा हाथ लगी। एक भी छात्र या छात्रा ने यह नहीं स्वीकार किया कि उन्हें कभी चुनावी सर्वेक्षण करने वाले मिले हैं।

प्रोफेसर साहब बड़े चक्कर में पड़ गये। रोज ही तो किसी अखबार या पत्रिका में चुनावी सर्वेक्षण छपता रहता है। आखिर वे सर्वेक्षण करते कहाँ हैं? कहाँ के लोगों से वे मिलते हैं? प्रोफेसर साहब ने बहुत चिन्तन किया। अंततः बात उनकी समझ में आयी, 'अच्छा! ये सब सर्वेक्षण करने वाले चन्द्रमा पर जाकर सर्वेक्षण करते हैं। वे चन्द्रमा के लोगों से मिलते हैं और उनसे चुनाव के बारे में प्रश्न पूछते हैं।'

बहुत बड़ा सबक

चन्द्रकान्त गाँव के ही प्राइमरी स्कूल में अध्यापक थे। अपने घर में अकेले रहते थे। बीवी-बच्चा कोई नहीं था। बनाना खाना अपने ही हाथों होता था। बहुत ही सज्जन व्यक्ति थे।

उन्हें बच्चों से बहुत प्यार था। बच्चे भी उन्हें बहुत पसंद करते थे। जब वे घर पर होते, पास-पड़ोस के छोटे-छोटे लड़के उन्हें घेरे रहते। गाँव का परम्परावादी माहौल था। लोग अपने घर की छोटी लड़कियों को उनके यहाँ नहीं जाने देते थे।

चन्द्रकान्त बच्चों को कहानियाँ सुनाते। अगर किसी को पढ़ाई में कोई समस्या होती तो वे उन समस्याओं को भी सुलझा देते। बच्चों को पढ़ाई में जो भी न आ रहा होता, वे सब कुछ इकट्ठा किए रहते और सब कुछ चन्द्रकान्त से पूछ लेते थे।

बच्चों को सबसे ज्यादा मज़ा चन्द्रकान्त के साथ खेलने में आता था। चन्द्रकान्त बच्चों के साथ खूब खेलते थे। बच्चों के साथ एकदम बच्चा बनकर। बच्चों में चन्द्रकान्त के पास जाने के दो कारण सबसे महत्त्वपूर्ण थे। एक तो कहानी सुनाना और दूसरा उनके साथ खेलना। बच्चे अगर चन्द्रकान्त के यहाँ रहते थे तो उनके माँ-बाप भी पूरी तरह निश्चिन्त रहते थे।

एक दिन चन्द्रकान्त घर पर अकेले थे। वे घर के बाहर चारपाई पर लेटे थे। पीठ के बल! चेहरा आसमान की तरफ़ था। उनके घर की तरफ़ पड़ोस का कक्षा दो में पढ़ने वाला एक लड़का आ रहा था, उनसे मिलने, उनके साथ खेलने। लड़के ने दूर से ही देख लिया कि चन्द्रकान्त घर के बाहर चारपाई पर लेटे हुए हैं। उसने अपने दोनों हाथों में एक-एक मुट्ठी धूल ले ली। वह छुपता-छुपाता चन्द्रकान्त की तरफ़ बढ़ने लगा। वह चुपके से चन्द्रकान्त के सिर की तरफ पहुँचा। चन्द्रकान्त की आँखें खुली थीं। वे कुछ सोच रहे थे, जिसके कारण उनका ध्यान बच्चे की तरफ़ नहीं गया। लड़के ने उनकी दोनों खुली आँखों में एक-एक मुट्ठी धूल डाल दी।

चन्द्रकान्त दर्द के मारे बिलबिला उठे। लड़का जोर-जोर से ताली पीटकर हँसने लगा। चन्द्रकान्त उठकर खड़े हो गये। वे अपनी आँखों से धूल झाड़ने लगे। उन्होंने लड़के के गाल पर खींचकर एक थप्पड़ मारा। लड़का रोने लगा। वह घर चला गया। चन्द्रकान्त पानी से आँखें धोने लगे।

थोड़ी ही देर के बाद लड़के का पिता लड़के के साथ चन्द्रकान्त के घर पहुँच गया। उसने गुस्से से आँखें लाल-पीली करते हुए पूछा, "आपने मेरे बेटे को मारा क्यों?" चन्द्रकान्त लड़के के बाप का गुस्सा देखकर भौंचक्के रह गये। उन्होंने सारी बात बता दी। लड़के के बाप ने कहा, "अगर उसने कोई गलती की थी तो आप आकर मुझे बताते। आप होते कौन हैं मेरे बेटे के ऊपर हाथ उठाने वाले?" चन्द्रकान्त उसे शान्त करने की कोशिश करने लगे लेकिन वह उल्टे उन्हें गालियाँ देने लगा। कुछ देर में उसने अपने बेटे का हाथ पकड़कर खींचा, "खबरदार जो कभी दोबारा इधर दिखाई पड़ा।"

चन्द्रकान्त ने अपना कान पकड़ लिया। भविष्य में किसी का बेटा कितनी भी बड़ी गलती करे, न तो मैं उसे डाँटूँगा और न मारूँगा। बेटे की लाख गलती होने पर भी कोई यह बर्दाश्त नहीं कर पाता कि कोई दूसरा उसके बेटे को मारे या डाँटे।

आत्मदीपो भव

जुगनू गाजीपुर के एक गाँव में रहता था। उसने अपने गाँव में ही इंटर कॉलेज से बारहवीं की परीक्षा उत्तीर्ण कर ली। आगे की पढ़ाई के लिए वह बनारस चला गया।

जुगनू ने किस्से-कहानियों में गुरु की बड़ी महिमा सुन रखी थी। गुरु चाह ले तो लोहे जैसे शिष्य को सोना बना देता है। सबसे बड़ी बात होती है गुरु का विश्वास जीतना। गुरु अपने प्रिय शिष्य को अपना सारा ज्ञान दे देता है। उसे सब कुछ सिखा देता है। गुरु के चरणों में ही सारा संसार है।

जुगनू का प्रवेश काशी हिन्दू विश्वविद्यालय में बी.ए. में हो गया। उसने पढ़ने के लिए तीन विषय लिए—हिन्दी, राजनीतिशास्त्र और अर्थशास्त्र। अर्थशास्त्र विषय के विश्वविद्यालय में एक प्रोफेसर थे, प्रो. राघवेन्द्र। परिसर में जुगनू ने प्रो. राघवेन्द्र की विद्वत्ता की बड़ी चर्चा सुनी। एक विद्वान अर्थशास्त्री के रूप में वे पूरे देश में विख्यात थे। जुगनू ने निश्चय किया। बस! इन्हीं के चरण पकड़ने चाहिए।

जुगनू ने प्रो. राघवेन्द्र से मिलना-जुलना शुरू किया। शुरू में उन्होंने जुगनू की उपेक्षा की। बहुत सारे लड़के उनके आगे-पीछे टहलते रहते थे। रोज-रोज दिन में कई बार चरण छूने से धीरे-धीरे प्रो. राघवेन्द्र जुगनू को पहचानने लगे। कभी-कभी जुगनू को छोटा-मोटा काम भी बताने लगे। जुगनू दौड़कर उनका काम करता था। धीरे-धीरे वह उनकी निगाह में चढ़ने लगा। बी.ए. पास होते-होते जुगनू प्रो. राघवेन्द्र का प्रिय छात्र बन गया। वह उनके घर भी आने-जाने लगा।

जुगनू ने एम.ए. में अर्थशास्त्र विषय लिया। प्रो. राघवेन्द्र अब जुगनू को बहुत मानने लगे थे। जुगनू अब प्रायः उनके घर जाता।

अब जुगनू जब भी उनके घर जाता, वे प्रायः उसे एक काम बता देते। जाओ सब्जी खरीद लाओ, जाओ आटा पिसा लाओ, जाओ बिजली का बिल जमा कर आओ, टेलीफोन का बिल जमा कर आओ, बिजली का बोर्ड खराब हो गया है,

कोई मिस्त्री बुलाकर उसे ठीक करवाओ आदि-आदि। जुगनू अक्सर उनके घर के कामों में ही व्यस्त रहता। जब वह उनसे पढ़ाई सम्बन्धी बात करता तो जैसे उनका मूड उखड़ जाता, "यार फलाँ किताब पढ़ लो। उसमें तुम्हारी इस समस्या का समाधान मिल जाएगा।" जुगनू सोच रहा था कि शायद गुरु जी अभी मेरी परीक्षा ले रहे हैं। जब मुझे ठोक-बजाकर देख लेंगे कि मैं एक पात्र शिष्य हूँ, तब वे मुझे ज्ञान देना शुरू करेंगे।

प्रो. राघवेन्द्र की सेवा करने में अब जुगनू की पढ़ाई का नुकसान होने लगा। उनकी सेवा के चक्कर में उसका एम.ए. प्रथम वर्ष का परीक्षा परिणाम काफी खराब हो गया। जुगनू ने देखा कि उसका परीक्षा परिणाम काफी खराब हो जाने से प्रो. राघवेन्द्र को कोई अफसोस नहीं हुआ। उसे लगा कि ऐसी गुरु सेवा में तो वह बर्बाद हो जाएगा।

जुगनू धीरे-धीरे प्रो. राघवेन्द्र से दूरी बनाने लगा। उसे लगा कि किसी गुरु के चक्कर में पड़ने से अच्छा गौतम बुद्ध का यह सिद्धान्त है कि, 'आत्मदीपो भव'।

सत्ता

विधानसभा चुनाव एक महीने के अन्दर होने वाले थे। आत्माराम भी अपने क्षेत्र से एक बड़ी पार्टी की ओर से चुनाव लड़ रहे थे। क्षेत्र के ही रहने वाले उनके दो मित्र शंभुनाथ और विद्यावारिधि उनके साथ कन्धे से कन्धा मिलाकर चुनाव प्रचार में जुटे हुए थे। दोनों मित्रों ने आत्माराम को चुनाव जिताने के लिए दिन-रात एक कर रखा था।

क्षेत्र के लोगों की एक बहुत पुरानी माँग थी। क्षेत्र में एक बहुत बड़ा नाला था। उसका पुल बहुत पुराना और लगभग जर्जर हो गया था। लोगों की माँग थी कि नाले पर एक मजबूत नया पुल बनवा दिया जाए। आत्माराम, शंभुनाथ और विद्यावारिधि के साथ क्षेत्र की जनता से वादा करते घूम रहे थे कि अगर चुनाव जीत गये तो हर हालत में वे नया पुल बनवाकर रहेंगे। क्षेत्र की जनता ने उनके वादे पर विश्वास कर लिया और उन्हें भारी मतों से विजयी बना दिया।

इत्तफाक से आत्माराम की पार्टी को प्रदेश के चुनाव में पूर्ण बहुमत मिल गया। अगली सरकार आत्माराम की ही पार्टी की बनी। आत्माराम भी मंत्री बन गये। वह भी कैबिनेट मंत्री। आत्माराम के चुनाव-क्षेत्र की जनता में खुशी छा गयी।

कैबिनेट मंत्री बनने के बाद आत्माराम अपने चुनाव-क्षेत्र में आए। क्षेत्र की जनता ने उनका खूब जोर-शोर से स्वागत किया। उनके स्वागत कार्यक्रमों में शंभुनाथ और विद्यावारिधि ने खूब बढ़-चढ़कर भाग लिया।

स्वागत कराकर आत्माराम चले गये। उसके बाद तो वे जैसे लापता हो गये। न तो वे अपने क्षेत्र की खोज-खबर ले रहे थे और न ही उनका कोई प्रतिनिधि। सालभर बीत गये। क्षेत्र के लोग शंभुनाथ और विद्यावारिधि पर दबाव डालने लगे। आप दोनों लोग जाकर आत्माराम से मिलिए। उनके साथ आप लोगों ने भी वादा किया था कि नाले पर नया पुल बनेगा। इसी मुद्दे पर हम लोगों ने उन्हें मत दिया था। अब कहाँ गया आप लोगों का वादा?

क्षेत्र की जनता के दबाव के आगे मजबूर होकर शंभुनाथ और विद्यावारिधि एक दिन प्रदेश की राजधानी चल दिए। वहाँ वे लोग आत्माराम से बहुत मुश्किल से मिल पाये। आत्माराम ने उन लोगों के साथ ऐसा व्यवहार किया कि दोनों भौंचक्के रह गये। उन लोगों के साथ ऐसा व्यवहार हुआ, मानो उन दोनों को अपमानित करके भगा दिया गया हो। नाले और पुल की बात तो बहुत दूर की बात!

राजधानी से लौटते समय शंभुनाथ आत्माराम को गाली दे रहे थे, ''कोई बात नहीं! पाँच साल बाद फिर चुनाव होगा। पाँच साल बाद साला फिर जब वोट माँगने आयेगा तो साले को बताया जाएगा। इसकी माँ-बहन सब कर दिया जाएगा।'' विद्यावारिधि बोले, ''तुमने ध्यान नहीं दिया? वह जब हम लोगों से मिला तो नशे में एकदम धुत्त था। नशे में कोई कुछ कह देता है या कर देता है तो समझदार लोग उसकी उपेक्षा कर देते हैं।'' ''अच्छा?'' शंभुनाथ ने कहा, ''मंत्री बनने के बाद साला शराब भी पीने लगा? पहले तो नहीं पीता था।'' विद्यावारिधि मुस्कराए, ''तुम क्या समझते हो? नशा केवल शराब में ही होता है? वह जब हम लोगों से मिला, सत्ता के नशे धुत्त था। दुनिया में सबसे ज्यादा नशा सत्ता में होता है, शराब में नहीं। छोटी-छोटी कुर्सी पाकर लोग पगला जाते हैं, वह तो बहुत बड़ी कुर्सी पा गया है। सत्ता पाकर रावण जैसा प्रकांड विद्वान मदांध हो गया था। उसे मारने के लिए अंततः भगवान को आना पड़ा। आत्माराम जैसे लोग तो भुनगे हैं। ये अपनी मौत खुद मर जाएँगे।''

आधुनिक भाभी

सोमेश का घर इलाहाबाद में था। उनका इकलौता बेटा इस समय हरियाणा के गुड़गाँव में नौकरी कर रहा था; किसी बहुत अच्छी कम्पनी में, बहुत अच्छे वेतन पर। अपने साथ ही नौकरी कर रही एक लड़की से लड़के को प्यार हो गया। लड़के और लड़की के बीच प्यार की पींगें इतनी बढ़ीं कि दोनों ने शादी का फैसला कर लिया।

बेटे के प्यार के चक्कर के बारे में सोमेश को कुछ नहीं पता था। उनके घर पर लड़के की शादी के बहुत से प्रस्ताव आ रहे थे। वे और उनकी पत्नी अपने बेटे के लिए लड़कियाँ छाँटते फिर रहे थे। एक प्रस्ताव उन दोनों को पसंद आया। सोमेश ने फोन पर बेटे से उस शादी के सम्बन्ध में बात की। बेटे न फोन पर ही साफ-साफ बता दिया, ''पापा मैंने अपने लिए लड़की पसंद कर ली है। वह मेरी ही कम्पनी में काम करती है। लड़की दिल्ली की रहने वाली है। मैं शादी करूँगा तो केवल उसी से।''

सोमेश ने बेटे की बात पत्नी को बतायी। पति-पत्नी बेटे के फैसले से एक बार तो मायूस हुए लेकिन बेटे की खुशी में ही अपनी खुशी जानकर दोनों ने बेटे की बात स्वीकार कर ली।

शादी के लिए बारात इलाहाबाद से दिल्ली गयी। बड़ी धूमधाम से शादी हुई। लड़की वालों ने बारातियों का खूब स्वागत-सत्कार किया। सोमेश और उनकी पत्नी बहुत प्रसन्न हुए।

इलाहाबाद में रहने वाले सोमेश के अधिकांश परिचित बारात में नहीं जा पाये थे, इसलिए शादी के बाद इलाहाबाद में सोमेश ने बहू स्वागत में एक भोज आयोजित किया। भोज होटल 'कान्हा श्यांम' में आयोजित किया गया। होटल के भूतल पर बना हुआ हॉल खूब सजा हुआ था। एक तरफ लड़के और लड़की के बैठने के लिए मंच बना हुआ था और मंच पर सिंहासननुमा दो कुर्सियाँ रखी हुई थीं। एक तरफ आर्केस्ट्रा वालों का गीत-संगीत चल रहा था।

सारे अतिथि आकर हॉल की कुर्सियों पर बैठ गये थे। हॉल भर चुका था। लोगों में बहू को देखने की उत्सुकता थी। थोड़ी देर में बेटा-बहू आ गये। लड़की पतली-दुबली और लम्बी थी। सुन्दर भी बहुत थी। लोग इतनी सुन्दर बहू लाने के लिए सोमेश को बधाइयाँ देने लगे।

बहू ने जो ब्लाउज पहन रखा था, वह काफी नीचे तक चौड़ाई में कटा हुआ था। वह इतना ज्यादा खुला हुआ था कि उसके स्तन काफी कुछ दिख रहे थे। दोनों स्तनों का बहुत थोड़ा-थोड़ा हिस्सा ब्लाउज के अन्दर था। लड़की भले दुबली-पतली थी लेकिन स्तन बहुत बड़े-बड़े थे। इलाहाबादी भाषा में कहा जाए तो एकदम हलब्बी छातियाँ।

सारे कुँवारे लड़के नयी भौजाई की छातियाँ देखने में ही व्यस्त हो गये। अचानक एक बुजुर्ग सज्जन बेटे-बहू को आशीर्वाद देने मंच पर चढ़े। लड़का खड़ा हो गया और झुककर उनके पैर छूने लगा। लड़के की देखा-देखी बहू भी खड़ी हो गयी और वह भी उनके पैर छूने लगीं। लड़की को इतना ज्यादा झुकना पड़ा कि उनके दोनों स्तन ब्लाउज के बाहर निकल आये और लटकने लगे। बुजुर्ग सज्जन मंच से कूदकर भाग आये। कुँवारे लड़के भाभी जी के स्तनों को निहारने लगे। बहू प्रयास करने लगी कि स्तनों को हाथ से न छूना पड़े और वे ब्लाउज के अन्दर चले जाएँ। इस प्रयास में खड़े-खड़े वह भाँति-भाँति की भंगिमाएँ बना रही थी। लग रहा था कि जैसे शास्त्रीय नृत्य कर रही हो।

वहाँ बैठे बुजुर्ग बेचारे शर्म से पानी-पानी हो रहे थे। अंततः लड़की ने हाथ से पकड़कर स्तनों को ब्लाउज के अन्दर किया। लड़के ठहाका लगाकर हँसने लगे। एक लड़का जोर से चिल्लाया, "भाभी जी कुछ ज्यादा ही आधुनिक हैं।"

आओ पढ़ा लो

शहर में बालिकाओं की साक्षरता पर गोष्ठी हो रही थी। बालिकाओं की साक्षरता दर कम होने पर वक्तागण चिन्ता कर रहे थे। एक वक्ता भाषण दे रहे थे, ''गाँधी जी ने कहा था कि जब एक लड़का शिक्षित होता है तो सिर्फ एक व्यक्ति शिक्षित होता है परन्तु जब एक लड़की शिक्षित होती है तो पूरा परिवार शिक्षित होता है। लड़की किसी एक परिवार की बहू बनकर जाती है और वहाँ अपने सारे बच्चों को पढ़ना-लिखना सिखाती है। बिना लड़कियों के शिक्षित हुए हमारा देश प्रगति नहीं कर सकता। आप देख रहे हैं कि आज हमारे देश में लड़कियाँ अपनी मेधा से हर क्षेत्र में धाक जमा रही हैं। वे परिवार और देश को एक साथ चला रही हैं....''

एक सज्जन बड़े ध्यान से वक्ता महोदय का भाषण सुन रहे थे। जब वे भाषण दे चुके तो वे उनसे मिले। उन्होंने वक्ता महोदय से कहा, ''कृपया आप एक बार मेरे घर चले चलते।''

''क्यों?''

''यही सब बातें बाप मेरी बेटी को समझा देते!''

''किसलिए?''

''मेरी बेटी नौवीं कक्षा में पहुँच गई है। मैं और मेरी पत्नी दोनों उसे पढ़ाते हैं। जो चीजें हम नहीं पढ़ा सकते, उसके लिए ट्यूशन लगा दिया है। पढ़ाई से सम्बन्धित जो भी चीज वह माँगती है, हम तुरन्त हाजिर कर देते हैं। हम चाहते हैं कि वह पढ़-लिखकर कुछ बने परन्तु वह पढ़ाई से बहुत जी चुराती है। ऐसा नहीं है कि वह मूर्ख है, फिर भी परीक्षा में उसके कभी अच्छे अंक नहीं आते। वह कहती है कि वह कितना अच्छा समय रहा होगा जब लोग अपने घर की लड़कियों को पढ़ने-लिखने ही नहीं देते थे।''

पगलवा

बद्रीनाथ ने हिन्दी से एम.ए. किया। इधर-उधर बहुत हाथ-पैर मारे लेकिन कहीं नौकरी नहीं मिली। थक-हारकर उन्होंने नौकरी खोजना ही छोड़ दिया और अपने गाँव में रहकर खेती-बाड़ी करने लगे। उन्होंने शादी नहीं की थी या तो कह लीजिए कि नौकरी न मिलने से शादी के ढंग के प्रस्ताव ही नहीं आये।

बद्रीनाथ अपने गाँव में एक छोटे से घर में रहते थे। खेती-बाड़ी करके गुजर-बसर करना और बचे हुए समय में भगवान की पूजा, यही उनकी दिनचर्या थी। न किसी का बुरा सोचते थे और न ही किसी को कुछ नुकसान पहुँचाने का प्रयास करते थे। कोई मिल गया तो उससे थोड़ा-बहुत हँस बोल लिये, नहीं तो अपने काम से काम। न ऊधो का लेना न माधो का देना। बहुत सच्चे और साफ हृदय के व्यक्ति थे। उनके सामने कोई किसी की बुराई करने लगता तो वे कभी उसकी हाँ में हाँ नहीं मिलाते थे। औपचारिकतावश भी नहीं।

एक बार बद्रीनाथ के एक रिश्तेदार उनसे मिलने आये। वे जिससे भी बद्रीनाथ का पता पूछते, वह यही जवाब देता, “अच्छा पगलवा? पगलवा के घर जाना है? पगलवा का घर उस तरफ़ है।” रिश्तेदार को बद्रीनाथ के लिए ‘पगलवा’ शब्द का प्रयोग अच्छा नहीं लगा। इतने संत पुरुष को गाँव वाले पगलवा-पगलवा कह रहे हैं।

रिश्तेदार बद्रीनाथ के घर पहुँच गये। नाश्ता-पानी करने के बाद उन्होंने कहा, “आपका गाँव तो बड़ा गंदा है। यहाँ के लोग आपको पगलवा कहते हैं।” बद्रीनाथ ठठाकर हँस पड़े, “इसमें कोई आश्चर्य की बात नहीं है। यह एक आम धारणा है कि गाँव के लोग बहुत सीधे-सादे और भोले-भाले होते हैं। बात एकदम इसके उलट है। गाँव के लोग अगर व्यवहार में यह देखते हैं कि कोई आदमी एकदम सज्जन और सीधा-सादा है तो वे उसे मूर्ख समझते हैं और यह मानते हैं कि इसके अन्दर अपना काम लोगों से निकाल लेने की सामर्थ्य नहीं है। बहुत सीधे-सादे आदमी को गाँव के लोग पागल घोषित कर देते हैं, बशर्ते वह किसी कारण से एक

प्रसिद्ध आदमी न हो जाए। गाँधी जी अगर इतने प्रसिद्ध आदमी न रहे होते तो वे जिस ढंग से रहते थे, लोग उन्हें भी पगलवा कहने लगते। सिर्फ घुटने तक की एक धोती पहने रहना, कमर में घड़ी खोंसे रहना, हमेशा सच बोलना, किसी का कुछ बुरा न करना, एक गाल पर थप्पड़ खाने पर थप्पड़ खाने के लिए दूसरा गाल भी आगे बढ़ा देना आदि गाँधी जी के ऐसे काम थे कि लोग उन्हें बहुत आसानी से 'पगलवा' घोषित कर देते।''

कवयित्री सम्मेलन

पावक जी और अनल जी, दोनों कवि थे। एक ही शहर के कवि। दोनों एक-दूसरे को फूटी आँख नहीं सुहाते थे। दोनों एक-दूसरे पर हर तरह से हावी होने की कोशिश में रहते थे। दोनों इस प्रयास में रहते थे कि दूसरे की अपेक्षा उसे अखबारों में ज्यादा कवरेज मिले। शहर में कोई भी साहित्यिक कार्यक्रम हो, अगले दिन अखबारों में कार्यक्रम में उपस्थित लोगों की सूची में पावक जी और अनल जी का नाम ज़रूर रहता था। दोनों व्यक्ति अखबारों को लेकर यह मिलान करते रहते कि किस अखबार में किसका नाम पहले है और किसका बाद में। शहर में कोई कवि सम्मेलन हो तो उन्हें चाहे बुलाया जाए या न बुलाया जाए, दोनों वहाँ पहुँचकर कविता पढ़कर मानते थे।

एक बार पावक जी ने शहर में एक बड़े कवयित्री सम्मेलन का आयोजन किया। शहर में घूम-घूमकर वे चन्दे की रसीदें काटने लगे। इतने बड़े कवयित्री सम्मेलन के लिए पैसा भी तो चाहिए था। अनल जी को पता चला तो उनका कलेजा सुलग उठा। लगता है, पावकवा साला महफिल लूट ले जाएगा। खैर! वे मौन साधकर बारीकी से पावक जी की एक-एक गतिविधि पर नज़र रखने लगे।

पावक जी का कवयित्री सम्मेलन बड़ा सफल रहा। दूर-दूर से कवयित्रियाँ काव्यपाठ करने पधारीं। मंच की नामी हस्तियों ने मंच को सुशोभित किया। कोकिल कंठ से कवयित्रियों ने समाँ बाँध दिया। काव्य-पाठ सुनने के लिए बड़ी भीड़ इकट्ठा हुई। अगले दिन सारे अखबार तो अखबार, टी.वी. पर भी पावक जी का चेहरा आ गया। अनल जी के कलेजे पर साँप लोट गया।

अनल जी जवाबी कार्यवाही की योजना बनाने लगे, उन्होंने अपने दो-तीन अत्यन्त विश्वस्त मित्रों को इकट्ठा किया। उनसे वे बोले, "पावक के जवाब में हमें भी एक कवयित्री सम्मेलन करवाना है। हम दूसरी तरह का कवयित्री सम्मेलन आयोजित करेंगे। कहीं से भी पच्चीस से तीस साल के बीच की दस अत्यन्त सुन्दर लड़कियों

की व्यवस्था सब लोग मिलकर करो। लड़कियाँ इस शहर के बाहर की होनी चाहिए, जिससे किसी को यह न पता चले कि ये हैं कौन?'' एक मित्र ने कहा, ''लेकिन उसे कविता लिखना भी तो आना चाहिए।'' अनल जी बोले, ''कोई जरूरत नहीं है। कविताएँ तो मैं लिखकर दे दूँगा। लड़कियों को हिन्दी शुद्ध-शुद्ध बोलनी आती हो। अगर वे गा लेती हों तो सोने पे सुहागा।'' मित्र ने फिर कहा, ''बाहर से अपनी सुन्दर बेटी को हमारे साथ आने कौन देगा।'' ''नाते-रिश्तेदारी से, कहीं से भी व्यवस्था करो। मेरी इज़्ज़त का सवाल है।'' अनल जी बोले। सारे मित्र जुट गये। अपनी रिश्तेदारियों से सबने मिलकर दस सुन्दर लड़कियों की व्यवस्था कर ली।

अब अनल जी चन्दा वसूलने लगे। घोषणा हो गयी, अति सुन्दर नयी उम्र की कवयित्रियों का काव्य पाठ होगा।

अनल जी ने सारी लड़कियों को कविताएँ लिखकर दे दीं। पाँच लड़कियाँ अच्छे गले वाली निकल आईं। अनल जी ने उन्हें कविताएँ गाने का खूब अभ्यास करवाया। सारी लड़कियों को उन्होंने इतने अच्छे ढंग से अभ्यास करा दिया कि मंच पर कोई लड़खड़ाने न पाये।

निर्धारित रात को कवयित्री सम्मेलन आयोजित हुआ। काव्य पाठ सुनने के लिए भीड़ अररा पड़ी। पंडाल के अन्दर तोहि पर मोहि हो रही थी। लोग एक-दूसरे का पैर कुचल दे रहे थे।

अनल जी का कवयित्री सम्मेलन असाधारण रूप से सफल रहा। अखबारों और टी.वी. पर खूब कवरेज मिली। ज्यादातर अखबारों में हर कवयित्री की अलग-अलग फोटो छपीं। कवयित्रियों से इंटरव्यू लेने के लिए अखबारवाले अगले दिन तक उतावले थे।

अनल जी गद्‌गद हो गये। उन्होंने अपने मित्रों से कहा, ''पावकवा साला चला था मुझसे पंगा लेने।''

शहर में दीवार-दीवार

रमेश प्रसाद जी को शहर में लोग जानते नहीं थे। शहर के प्रसिद्ध लोगों को देखकर उनके दिल में भी हूक उठती थी कि उन्हें भी लोग जानें। उन्हें इसके लिए कोई उपाय नहीं सूझ रहा था। एक दिन उन्होंने देखा कि पूरे शहर में पर्यावरण दिवस मनाया जा रहा है। फिर क्या था! उनके दिमाग का बल्ब जल उठा।

अब वे घूम-घूमकर पूरे शहर में पर्यावरण प्रदूषण के खिलाफ दीवारों पर नारे लिखने लगे। पर्यावरण का उत्थान काम महान—रमेश प्रसाद। पर्यावरण को शुद्ध बनाइए, मानव का अस्तित्व बचाइए—रमेश प्रसाद। चारों तरफ वृक्षों की हरियाली छाएगी, हमारी धरती सजकर मुस्कराएगी—रमेश प्रसाद। वृक्ष धरा का भूषण है, करता दूर प्रदूषण है—रमेश प्रसाद। भविष्य की पीढ़ियों को दो उपहार, धरती से प्रदूषण का करो संहार—रमेश प्रसाद। आदि-आदि।

रमेश प्रसाद जी नारे लिखने का काम रात में करते थे। दिन में एक तो उन्हें यह काम करने में शर्म आती थी, दूसरे यह डर लगा रहता था कि अपनी दीवार गन्दी करने के लिए कोई पीट न दे। रमेश प्रसाद जी रात में नारे लिखते थे और दिन में मोटर साइकिल से टहल-टहलकर यह देखते थे कि नारे देखने में कैसे लग रहे हैं। उनकी लिखावट काफी सुन्दर थी। ब्रश द्वारा लाल-नीले-हरे रंग के पेंट से वे नारे लिखते थे। उन्हें लिखे हुए नारे बहुत सुन्दर लगते थे। वे मन ही मन अपने लिखे हुए की बलैया लेते। शहर के अन्दर से लेकर शहर के बाहर दूर-दूर तक उन्होंने नारे लिख मारे। थी जगह न कोई जहाँ नहीं, किसकी दीवार पर कहाँ नहीं।

कोई भी व्यक्ति पैदल निकले, साइकिल से निकले, स्कूटर से निकले, मोटर साइकिल से निकले, कार से निकले, ऑटो से निकले, बस से निकले, ट्रेन से निकले, उसका पाला रमेश प्रसाद जी के नारों से पड़ना ही था। धीरे-धीरे शहर में सब रमेश प्रसाद को जान गये। इस शहर में है एक बहुत बड़ा पर्यावरण प्रेमी। शहर के लोग अपनी दीवारें गन्दी किये जाने से परेशान थे। पता नहीं रमेश प्रसाद जी को

कैसे पता चल जाता था कि अमुक जगह एक आदमी ने अपने घर की नयी-नयी पुताई करायी है। कुछ ही दिनों में उसकी दीवार पर रमेश प्रसाद जी नारे सहित हाजिर हो जाते थे। खास बात यह थी कि दीवारों पर गोंचने के अलावा पर्यावरण को सुरक्षित रखने के लिए रमेश प्रसाद जी और कुछ नहीं करते थे।

एक बार शहर में दिल्ली से पर्यावरण सम्बन्धी सूचनाएँ एकत्र करने के लिए सरकारी टीम आई। उसने चारों तरफ रमेश प्रसाद जी के नारों को देखा तो आश्चर्यचकित रह गयी। पर्यावरण को सुरक्षित रखने के लिए केवल एक आदमी इतना काम कर रहा है? रमेश प्रसाद का पता लगाकर टीम उनसे मिली और उनके विचारों से बहुत प्रभावित हुई। उस टीम की संस्तुति पर भारत सरकार ने उन्हें पर्यावरण संरक्षण का देश का सर्वोच्च पुरस्कार दिया। शहर में ही नहीं, पूरे देश में लोग रमेश प्रसाद जी को जान गये।

❑❑❑